二見文庫

人妻女教師　誘惑温泉

霧原一輝

目次

人妻女教師　誘惑温泉

第一章　教え子の誘惑

1

　忘年会の席で、伊丹圭太郎《いたみけいたろう》は来年の三月三十一日には定年退職で教員生活を終える旨の挨拶をした。終えて席に戻ると、隣の席の鶴田淑乃《つるたよしの》がわざわざ立ちあがって、深々と礼をし、

「長い間、お疲れさまでした」

と、圭太郎の右手を両手で握ってきた。

　同僚教師の温かくて、柔らかな手のひらを感じながら、

「ありがとう。きみがこの学校にいてくれて、よかった。一緒に最後の教師生活

を送れた。それが何よりもうれしいんだ」

温かい手を握り返すと、淑乃がふっとはにかんだ。かるくウエーブした髪からのぞく顔は優美で落ちついているが、その顔が赤らんだ気がした。

淑乃がビールをグラスに注いでくれる。礼を言って、冷えたビールを呑むと、喉の渇きがおさまった。

「鶴田先生も……」

ビール瓶を持ってせかした。淑乃がコップを両手で持って、酌を受ける。カップの底に手を添えて、こくっと呑んだ。

そのせりあがった顎とあらわになった喉元のラインが、今夜はやけに色っぽく見えてしまう。ジャケットを持ちあげた、V字に切れ込んだタイトフィットのニットのたわわな胸に、ついつい視線が向かってしまう。

鶴田淑乃は三十三歳で、結婚をしている。

それなのに、いまだ中学生の頃のきらきらとしたところを失っていない。淑乃は圭太郎の長い教師生活のなかでも、とくに印象深い教え子だった。

「今夜は、先生、これから何かご予定がありますか?」

淑乃が小声で訊いてきた。

「いや、これと言ってないな。先生方も今夜はこのまま帰ると言っていたしね」

今年の九月で六十歳を迎えた圭太郎は、二年前に長年連れ添った妻を癌で亡くし、息子も就職をして関西のほうに行っていて、独り暮らしだった。

家に帰っても、自分を待ってくれている者はいない。

「でしたら、二人だけの二次会をしませんか？」

淑乃のアーモンド形の濡れたような目がきらりと光った。

「……二人だけの二次会？」

「ええ……いけませんか？」

「いけないということはないが……」

表面的に戸惑いを装っているが、内心はうれしい。教員生活最後の忘年会に、このままひとりで帰宅するのはあまりにも寂しすぎた。

「じゃあ、そうしましょう。お話ししたいこともあるんです」

淑乃がかるくウエーブした髪をかきあげて、横目で圭太郎を見た。

（こんなに色っぽい目をするんだな……）

今夜はどういうわけが、淑乃の自分を見る目に艶めかしさを感じてしまう。男の本能をぞろりと撫でられて、内心昂りながらも、訊いた。

「で、どんな話なの？　気になるな」

「ここでは、ちょっと……」

淑乃は周囲をちらりと見る。

ＰＴＡとの懇親会もかねた忘年会だから、周りには同僚教師や校長、教頭とともに、生徒たちの親、すなわち、ＰＴＡ役員もいる。

「でも、悪い話ではないですから、ご安心ください」

「そうか……じゃあ、そのときに……」

「はい……では、ちょっとみなさんにお酌をしてきますね」

「ああ、そうしなさい」

淑乃がビールを持って席を立ち、校長や教頭の席に向かっていくのを見ながら、

（いい話って何だろう？）

考えている間にも、後輩の若手男性教師がお酌をしにきた。

「伊丹先生、長い間、お疲れさまでした。僕も先生にいろいろと教わりました。ありがとうございます」

「ああ、ありがとう。きみには期待してるよ。悩み事があったら、相談に来なさい。頑張れよ」

肩を叩きながら、コップを持ってお酌を受けた。

それからは次々と教員や父兄がやってきて、しばらくはその対応に追われた。

ようやく途絶えて、圭太郎はフーッと一息つく。

東京の大学を卒業して、中学の教師になり、それから六十歳になるこの歳まで、四十年近くも英語教師として教鞭をとってきた。

これから先のことはまだ考えていない。今はただ、少し休みたかった。

教員という職業は、他人が考えるよりはるかに労力を必要とされる。正直なところ、エネルギーを使い果たして、ふらふらになりながらゴールのテープを切った感じだった。

（いや、まだ来年の三月までは気を抜くな。その間、何があるかわからないのだから……）

残ったビールを呑み終えたところに、挨拶まわりを終えた淑乃が戻ってきて、圭太郎のコップにビールを注いだ。

2

三時間後、圭太郎は淑乃とともに自宅でウイスキーを呑んでいた。

二人で居酒屋に行って呑み、その後、家に連れてきた。

男性教師が女性教師を深夜に家にあげるなど、世間的には許されることではない。しかし、淑乃が早いうちに旅の行き先を決めたいと言うので、資料がある家で相談をすることにしたのだった。

淑乃の『話』とは、圭太郎の『第二の人生の門出を祝う旅行』に教え子だけで行きたい。ついては、その旅行の日時や目的地を相談したいというものだった。

幹事を務める淑乃にも都合があって、できれば、来年の成人の日を含む一月の三連休にツアーを組みたいと言う。

参加者のスケジュール調整もあるだろうし、時期的に早すぎるのではないか、とアドバイスをしたのだが、淑乃はこの日時がいいと言う。

そのことにちょっと違和感を抱いたが、淑乃にはよほどの都合があるのだろうと思った。

圭太郎としても反対する理由はなく、むしろ歓迎すべきことで、ツアーを組むことには同意をした。

時間もないので、なるべく早く行き先を決めたいというから、旅行パンフレットの多くある家に連れてきた。

圭太郎も旅行好きで、退任してから、どこかひとり旅に出かけようと、旅行の資料を集めていた。

リビングのロングソファに隣同士で座って、旅行のパンフレットを見ていると、

「先生はどこがいいですか？　二泊三日くらいがいいと思いますが……」

淑乃が隣の圭太郎を見た。

忘年会と、二次会で呑みつづけているせいか、淑乃の優美な顔がぼぅと朱に染まっていて、セミロングの髪をかきあげて圭太郎を見るその表情に、ドキッとしてしまう。

長いつきあいだが、これほど淑乃に女の色気を感じたのは初めてだった。

圭太郎は淑乃が中学三年生のときのクラス担任をしていた。

淑乃は今も教師としてリーダーシップを発揮しているが、中学のときも優等生で委員長をしており、圭太郎がクラスをまとめる際にも随分と助けてもらった。

当時もきりっとした感じで、頭も良かった。発育が早く、セーラー服を持ちあげる胸も発達していて、夏などは、白い半袖のセーラー服を持ちあげたこんもりとした胸のふくらみが余計に目立って、目のやり場に困ったものだ。

卒業してからも気になって、それとなく見守っていたが、東京の大学を卒業して、教師になったと聞いて、

（うん、向いている！）

と、思わず膝を叩いたことを覚えている。

その後も同窓会などで時々顔を合わせていた。

淑乃は順調に教員生活をつづけて、評判もよかった。五年前に優良企業に勤める会社員と結婚した。びっくりしたのは、三年前に圭太郎が長年教師をしているS中学に彼女が赴任してきたことだ。

圭太郎は何かあったら救いの手を差し出そうと淑乃を見守っていたが、彼女は極めて優秀な教師で、クラスを上手くまとめ、英語教師としても評判がよく、圭太郎の出る幕はなかった。

そんな教え子を誇らしく思っていた。

淑乃が訊いてきた。

「暖かいところがいいですか？　それとも、東北か北海道？　どちらがいいですか？」

「ううん、そうだな……気分的には、温泉かな」

「ふふっ、そうおっしゃるんじゃないかと思っていました。温泉なら、この時期は雪見露天がステキですよね。今見てて、ピンと来たんですが、ここなんかどうですか？」

淑乃がパンフレットを開いて、身体を寄せてきた。

圭太郎の右腕に柔らかな胸のふくらみが触れて、圭太郎はとっさに腕を引き、パンフレットを受け取る。

もちろん意図的にしたわけではないだろう。淑乃のような優等生がわざと胸を恩師に押しつけたりするわけがない。

しかし、右腕には今味わった、たわわで張りのあるふくらみの感触が残っている。そぞろになりそうな気持ちを抑えて言った。

「不老ふ死温泉か……ここは、秋田県？」

「ぎりぎり青森県みたいです。黄金崎《こがねさき》にありますから」

「ああ、そうか……黄金崎なら知っている。これは、海岸沿いの露天風呂だね」

「ええ……日本海の荒波を眺めながら、露天風呂に入れるようです」

「いいね……行ってみたいね」

「ふふっ、そうおっしゃるんじゃないかと思っていました。では、ここを目的地のひとつにしますか？」

「いいね。そうしよう……しかし、あれだな。鶴田先生は、私のことをすべてを見通しなんだな」

「つきあいが長いですから。二十年前からのおつきあいですもの……それと、ひとつ頼みがあるんですが……」

「何だ、言ってみなさい」

「その鶴田先生という呼び方は、二人のときはやめてもらえますか？」

「……じゃあ、何と呼べばいいんだろう？」

「名前でいいです」

そう言って、淑乃が至近距離で見あげてきた。

（おかしい……今日はいつもと違う。やけに接近してくる。酒が入っているからか？　しかし、これまでは酒が入ってもとくに乱れることはなかったが……）

白いフィットタイプのニットからは、たわわな胸の形がそのまま浮きだしてしまっている。それに、鋭くV字に切れ込んだ胸元からは、丸々とした乳房のふくらみがのぞいているのだ。

これがまだ若い女教師ならわからないことはないが、淑乃は三十三歳で結婚もしている女教師なのだ。普通ならもっと落ち着いた服装をするところだが……。

忘年会ではジャケットの前を閉じていたから、父兄からも文句は出なかったが、この格好で公の場に出たら、女教師として相応しくないと指摘されるに違いない。

「では、今回は秋田の名所をまわるツアーにしましょう。それで、いいですか？」

淑乃が同意を求めてくる。

「ああ、そうしよう。雪の秋田も風情がありそうだ」

「そうですね……今から、愉しみだわ」

淑乃がパンフレットを置いて、ぐっと身体を寄せてきた。

たわわな胸の豊かな弾力を感じて、圭太郎は驚きながらも、下半身で何かがぞろりとうごめくのを抑えられない。

「先生？」

淑乃が顔を覗き込んでくる。

「……何？」

「先生は来年、引退なさって、次になさることは決めているんですか？」

「いや、まだ、何も決めていないよ」

「よかった……」

「えっ……？」

「いえ、何でもありません……それで、すぐに働こうという気はないんでしょうか？」

淑乃が真顔になった。

「んっ……？　何かあるの？」

「いえ……先生のお気持ちだけはうかがっておきたいと思って」

妙なことを訊くなと、不思議に思いつつも、素直な気持ちを伝えた。

「今のところ、すぐに働く気はないよ。四十年近くも教員を勤めると、疲れのようなものが体の奥のほうに滓《おり》のように溜まっていてね。それは、ちょっとやそっとでは取れない気がするんだ」

「……でも、おひとりでは寂しくないですか？」

「そりゃあね……」

「これまでは学校があったから……来年の四月からは学校に行かなくてもいいわけですし、そうしたら、先生、疲れが取れるというよりも、落ち込んじゃうんじゃないかって……それがすごく心配なんです。先生ってもともとそういうところがおありになるから」

「……心配してくれて、ありがとう。私をよくわかっているきみが言うんだから、きっとそうなるだろうな。だけど、それもひとりになってみないと体験できないからね……ひとりになって働く気が出たら、そのときは考えようと思う」

「そうですか……」

淑乃は何かを考えているようだったが、やがて、センターテーブルに載っているウイスキーの水割りをぐっと呑み干して、圭太郎に凭《もた》れかかってきた。

膝上のスカートがずりあがって、パンティストッキングに包まれたむっちりとした太腿の内側がかなり上まで見えた。

圭太郎の右腕にたわわな胸の弾力を感じたその瞬間、下腹部に力が漲《みなぎ》る感触があって、

「だいぶ酔ってるようだね。そろそろ、家に帰ったほうがいいんじゃないか？

ご主人が心配なさっているだろう？」

自分の欲望への戒めをかねて、夫のことを持ち出した。

「主人は大丈夫ですから」

「おかしなことを言うね。大丈夫って？」

「……主人とは別居しているんですよ」

淑乃が思ってもみなかったことをあっさりと口にした。

「えっ……別居？」

「ええ。今はコーポにひとりで住んでいるんです。主人はお義母さまと一緒に家に……」

「仲はよかったと聞いてたけど、どうしてそんなことに？」

「……どういうわけか子供ができなくて……それで、お義母さまにいろいろと言われているうちに、だんだん……主人はわたしをいっさい庇ってくれないんですよ。そうこうしているうちに、主人に女ができて。お義母さまはよその女でいいから、子供を作れって……わたし立つ瀬がなくて、半年前に家を出たんです。教師のお給料でどうにか生活はできますから」

驚愕の事実だった。

「知らなかったよ、まさかね……早く相談してくれればよかったんだ」

「すみません……なかなかご相談できなくて……」

「だけどあれだね、ひどい家族だな。母親もご主人も……」

「わたし、どうしていいかわからないんです。先生、助けて……」

淑乃がいきなりぎゅっとしがみついてきた。

圭太郎は戸惑いながらも、髪を撫でた。

淑乃があまりにも不憫だった。自慢の教え子をこれほどまでに追いつめた夫と姑が許せない。

すると、淑乃が胸に顔を埋めて泣きだした。

しゃくりあげている。

悩みを打ち明ける人がいなくて、ひとりで懊悩していたのだろう。

可哀相になって、その肩から背中を撫でていると、ずりあがったスカートから斜めに流された足がかなり上まで見えて、その足の乱れが圭太郎の心をも乱した。

(ダメだ。かわいい教え子に深刻な悩みを打ち明けられているのに、くだらない性欲にとらわれるとは、最低の恩師じゃないか。ダメだ、ダメだ……)

邪《よこしま》な思いを抱いた自分を叱責していると、

「先生……」

淑乃が泣き濡れた顔をあげて、圭太郎を見た。

「先生はあと三カ月でいなくなってしまわれる。その前に……」

淑乃がぎゅっと抱きついてきた。

圭太郎は淑乃の豹変についていけない。ついさっきまでは、夫と姑の件で悩んでいたはずだが、それがどうして急に……。

戸惑いが大きすぎて、どうしていいのかわからない。

体をこわばらせていると、淑乃が言った。

「わたしが嫌いですか？」

「それはない。嫌いなわけがない」

「だったら……」

「だけど、どうして急に？　今、悩みを打ち明けられたところで、そんな急に言われてもね……」

「じつはわたし、夫と離婚するつもりなんです。でも、踏ん切りがつかなくて……だから、先生に背中を押していただきたいんです」

淑乃が涙目で言う。

（ああ、そういうことか……）

淑乃の気持ちが理解できた、

「離婚、考え直せないのか？」

「はい……もう限界なんです、これ以上、あの家族といたら、わたしが壊れてしまう」

「そうか……」

忍耐強い淑乃がこう決断をしたのだから、よほどのことだろう。

淑乃が圭太郎の顔を両手で挟み込むようにして、顔を寄せてきた。

あっと思ったときは、キスされていた。

とても柔らかくて、なめらかな唇だった。喘ぐような吐息がこぼれて、唾液の載った細い舌が唇を舐めてくる。

動けなかった。

いかに相手が夫と別居しているとは言え、教師同士の不倫など許されることではない。ましてや、淑乃は昔の教え子で、歳だって離れている。

だが——世の中には、わかっていても引きずられてしまうことがあるらしい。

（そもそも、これは教え子の決意を後押しするためのものだから、世間一般の薄汚い不倫ではない……)

うねりあがる男の欲望を、そう正当化していた。

3

上の唇を挟み込むようにして、甘い吐息とともに舐められ、舌を差し込みながら唇を合わされると、見事なまでに自分を抑える理性が薄れていき、やがて、口から生じる甘く蕩けるような感覚が下半身にまで降りていった。

淑乃の手が股間に伸びてきた。

唇を重ねられながら、そこをゆったりと撫でられるうちに、イチモツが硬くなってきた。

徐々に大きくなっていくものを、しなやかな指で激励するようにさすられると、意識が下半身に集まっていく。

分身がひとさすりされるたびに力を漲らせていく。

(ああ、気持ちがいい……この充溢感を味わうのは、いつ以来だろう?)

淑乃が身体を預けてきたので、圭太郎は後ろに倒れた。

ソファに横たわると、淑乃は覆いかぶさるようにキスをつづけながら、下腹部のいきりたちをさすってくる。

(……真面目な生徒だった淑乃が、こんなことを……！)

目を閉じると、中学のセーラー服に身を包んで、クラスをまとめていた淑乃の生き生きした姿が浮かんできた。そのとき、

「先生が退職されれば、わたしたちの関係も変わります」

淑乃がキスをやめて、上から見つめてきた。

「教師ではなくなります。だから、いいんです」

そう言って、圭太郎の頬を撫でる。

「先生は、いつもご自分を硬い殻でお護りになられていた。でも、これからはそういうことはなさらなくていいんです。これはその予行練習……」

淑乃の言葉が、圭太郎が抱いている罪悪感のようなものを押し流していく。

(そうだな。確かにそうだ……俺はもうすぐ教師ではなくなる。自分を解放していいのかもしれない)

淑乃が上体を立て、白いニットの裾をつかんでめくりあげ、頭から抜き取っていく。

こぼれてきた胸のふくらみに圧倒された。

白い刺しゅう付きブラジャーが押しあげた乳房は、想像していた以上に立派で、丸々としたふくらみが自己主張していた。

「恥ずかしいわ……そんな目で見てはいや」

「ああ、すまない……」

恥じらいながらも、淑乃は枝垂れ落ちたウエーブヘアをかきあげて、背中に手をまわし、ブラジャーを肩から抜き取っていく。

あらわになった乳房を目にして、圭太郎は息を呑んだ。

おそらくEカップはあるだろう、たわわなふくらみが前方に向かってせりだしている。しかも、お椀を伏せたように形が良く、張りつめた薄い肌から根っこのように走る青い血管が透けだしている。

こんなにたわわで、形のいい胸を見るのは初めてだった。

それから、淑乃はスカートに手をかけておろした。

肌色のパンティストッキングがむっちりとした下半身に張りつき、白いパンティが透けて見える。

上半身は裸で、下はパンティストッキングという姿を、とても淫らに感じて、圭太郎の股間はいっそういきりたつ。

（ああ、こんなになったのはいつ以来だろう？）

淑乃は、ソファに仰臥した圭太郎のシャツのボタンに手をかけて、ひとつ、またひとつと外していく。屈んでいるから、目の前にあらわな乳房がせまっている。

この豊かな乳房にしゃぶりつきたい。顔を埋めたい――。

ズボンのベルトがゆるめられて、押しさげられ、すべて足先から抜き取られていく。

ふくらんだ股間を目にした淑乃が、覆いかぶさってきた。

肌着をたくしあげて、胸板にちゅっ、ちゅっとキスを繰り返し、乳首を舐めてくる。

なめらかな舌であやされると、くすぐったさと紙一重の微弱電流が走り、それが下腹部にも及んで、イチモツがびくっと頭を振った。

すると、それに気づいた淑乃が右手をおろしていき、いきりたちをかるく握った。

ゆるゆるとしごきながら、乳首にねっとりと舌をからませてくる。

「気持ちいいですか、先生？」

淑乃が胸板に顔を接したまま訊いてくる。

「ああ、気持ちいいよ、すごく……」

「よかったわ……先生、まだ六十でしょ？　あと二十年以上も生きなきゃいけないんだから、ここもお元気でないと」

「そうだな……確かに、そのとおりだ」

この熟れた肉体を抱くことができたら、自分の人生は変わってくるのかもしれない。

第二の人生にも潤いは必要だ。そして、潤いをもたらしてくれるのは、淑乃ではないのか？

淑乃の顔が少しずつさがっていった。

ちゅっ、ちゅっとキスを浴びせながら、よく動くしなやかな手で胸板や脇腹をやさしく撫でてくれる。

ぞわぞわとした快美感が派生して、イチモツにますます力が漲る。

淑乃の顔が降りていって、いきりたつものに近づいていく。温かい吐息がかかり、次の瞬間、なめらかなものがそこを這った。

「くっ……！」

ぞくっとした戦慄が走り、自然に体が撥ねてしまう。

淑乃は亀頭部に舌を這わせながら、ソファにあがって、圭太郎の足の間に腰を据えた。それから、膝の裏をつかんで持ちあげて、言った。

「先生、ご自分で膝を持っていてください」

「……こうか？」

圭太郎は自分で足をつかんで持ちあげる。きっと尻の孔まで見えているに違いない。羞恥が込みあげてきた。しかし、それは期待感に押し流されていく。

淑乃の喘ぐような息が陰毛をそよがせ、亀頭部に舌がまとわりついてくる。

根元を握られて、先端の尿道口に沿って舐められると、内臓をじかに舐められてるような強烈な電流が走った。

それから、淑乃は亀頭冠の真裏の裏筋の発着点にちろちろと舌を走らせる。

男の急所を巧みに刺激され、根元を握った指でぎゅっ、ぎゅっとしごかれる。

「ぁああ、気持ちいいよ……」

思わず言う。

裏筋に沿っておりていった舌が、根元から今度は這いあがってくる。そうやって、裏筋を往復させながら、途中で舌を横揺れさせる。

「おっ、あっ……くっ……！」

圭太郎はもたらされる快感に酔いしれた。

以前にフェラチオをされたのは、いつだったか？　思い出せないほどだ。

（こんなに気持ちいいものだったとは……）

だが、これはまだほんの序章だった。

淑乃はぐっと姿勢を低くして、皺袋にまで舌を届かせた。そして、袋の皺を伸ばすかのように、丹念に舐めてくる。

「ああ、くっ……それはいいよ」

「良くありませんか？」

淑乃が股ぐらの間から優美な顔をのぞかせる。

「いや、良くないことはない……気持ちいいよ。だけど、こんなことをきみがしてはいけない」

「わたしが教師だからですか？」

「それもある」

「平気ですよ。教師だってセックスするんです。女教師が男の睾丸を舐めてはいけないというルールがあるんですか？」

「ないよ、もちろん」

「だったら……」

微笑んで、淑乃はまた顔の位置を低くして、睾丸袋に舌を走らせる。ぬるぬると唾液を塗りつけながら、屹立を握りしごく。

時間をかけて睾丸袋を唾液でべとべとにして、淑乃は裏筋をツーッと舐めあげてきた。

そのまま、上から頬張ってくる。

「くっ……！」

温かい。そして、ぬるぬるしている。

柔らかな唇が上下にすべり、それから、くちゅくちゅと頬張られる。

「おっ……くっ……つぅーっ！」

うねりあがってくる快美感を、圭太郎は味わう。

夢を見ているようだ。

ついさっきまでは、まさか鶴田淑乃におしゃぶりしてもらえるとは、つゆとも思っていなかった。

ゆったりと唇がすべっていくと、そのたびごとにイチモツがさらに硬くなっていくのがわかる。

口のなかで伸びてきた肉柱を、淑乃はちゅるっと吐き出して、唾液まみれのものを握りしごきながら、圭太郎を見あげてきた。

艶めかしく微笑み、口角についた唾液を手の甲で拭い、また、頬張ってくる。

今度は一気に根元まで咥え込んで、喉を突かれたのか、ぐふ、ぐふっと噎せた。

それでも、決して吐き出そうとはせずに、もっとできるとばかりに深く頬張ってきた。

唇が陰毛に接するまで咥え込み、しばらくそのまま肩で息をする。

それから、ゆっくりと唇を引きあげていき、ちゅぽんっと吐き出した。すぐにまた頬張り、今度は顔を大きく打ち振って、唇をストロークさせる。

気持ち良すぎた。

淑乃は唇がふっくらとしているせいだろう、圭太郎の記憶にあるフェラチオと較べても、断然に気持ちがいい。

マシュマロみたいな唇が適度な圧力でもって、勃起の表面をすべり動く。すると、地団駄を踏みたくなるような快美感がうねりあがってきた。

「ああ、淑乃さん……もう、もう出てしまう」

思わず訴えていた。ひさしぶりだから、快感の上昇も急激だった。

「きみのあそこを舐めたい。舐めさせてくれないか?」

言うと、淑乃は肉棹を吐き出して、はにかんだ。

「恥ずかしいわ」

「……きみに感じてほしいんだ。ひさしぶりだから、上手くできるかどうかわからないけど……シックスナインをしたい」

思いきって、意志を告げた。

「恥ずかしいけど……先生がそうおっしゃるなら」

淑乃はいったんソファを降りて方向転換し、圭太郎に尻を向ける形でソファにあがって、またがってきた。

肌色のパンティストッキングが丸々と充実した尻を包み込み、白いパンティが三角の形で透けだしている。

白い基底部に隠された女陰の真ん中に、パンティストッキングのシームがしっかりと食い込んで、両側がぷっくりとふくれている。

そのあからさまな形状に見とれているとき、下腹部のイチモツが温かい口腔に包まれた。

淑乃は途中まで頬張って、くちゅくちゅと音を立て、屹立を舌と唇でもてあそんでいる。湧きあがるゆるやかな快感のなかで、圭太郎は顔を寄せて、シームの食い込むあたりに舌を走らせる。

ぬるぬるざらざらしたパンティストッキングが、唾液を吸い込み、さらに舐めるうちに、シミが浮かびあがって、変色してくる。

そこに指を当てて、上下になぞると、ぐにゃりと沈み込んだ。膣口らしい箇所に指先を添えて、小刻みに動かすと、

「んんんっ……んんんっ……ぁああ、ダメ……くっ、くっ……」

淑乃が肉棹を吐き出して、がくん、がくんと腰を振る。

とても感じやすい身体をしている。

女教師とはいえ、三十三歳の人妻である。身体はすでに開発されているのだろう。熟れようとしているときに、それまでは当然あっただろう夫婦の夜の営みが途絶えたのだから、欲求不満は溜まるだろう。

圭太郎は尻を引き寄せておいて、恥肉を舐めた。パンティストッキング越しに柔肉をクンニすると、淑乃はがくっ、がくっと震えて、

「ぁああ、先生……じかに、じかにください……」

もどかしそうに尻を揺する。

「脱がすぞ」

パンティストッキングとパンティに手をかけて、皮を剝くように一気に途中まで引きおろした。真っ白なナマ尻がこぼれでてきて、

「あっ……！」

淑乃は尻たぶを引き締めて、手で尻の孔を隠した。

手を外すと、丸々とした尻たぶのあわいにセピア色のかわいい窄まりがいく筋もの皺を集めて、ひくひくっとうごめいていた。その下のほうに、生い茂った翳《かげ》りを背景に女の恥肉が楚々とした姿を見せている。

縦に長い陰唇がよじれながら合わさっていて、内部は見えない。

（品のあるオマ×コだな……淑乃らしい）

女性器を目の当たりにするのは、ほんとうにひさしぶりだった。しかし、今目にしているものが、とても楚々としてととのった女性器であることはわかる。

「……恥ずかしいわ。あまり見ないでください」

淑乃がくなっと腰をよじった。

「ああ、ゴメン……ここを見るのはひさしぶりだから……きれいだよ、すごく」

「そう、ですか？」

「ああ、ほんとうにきれいだ。それに、合わせ目からいやらしい蜜が一筋流れていて、それがとても卑猥だ」

「ぁああ、もう……言わないでください」

淑乃が羞恥心を忘れようとでもするように、肉棹にしゃぶりついてきた。なかでちろちろと舌を走らせ、もてあそんでいる。

圭太郎は顔を寄せて、狭間を静かに舐めあげた。

びらびらの間に舌を走らせると、肉びらがスローモーションフィルムを見ているようにゆっくりとひろがっていき、内部の赤く燃えるような粘膜がぬっと現れた。

（すごいな……真っ赤になっている）

そこに舌を走らせると、あふれだした粘液でぬるっ、ぬるっと舌がすべって、

「んっ……んっ……」

淑乃は頬張ったまま、尻を震わせる。

（ああ、これが女の味だったな）

牡蠣にミルクをかけたような濃厚な味がして、しかし、それは決していやなも

のではなく、男をそそる風味だった。

もっと舐めたくなって、両手で尻たぶをつかんでひろげると、恥肉も同じように開いた。

膣口の奥には白い蜜が溜まっていて、それを舌先で突くようにすると、

「んんっ……ぁあああ、ダメ……くっ、くっ……」

淑乃は頬張っていられなくなったのか、肉棹を吐き出して、のけぞりながら言う。

笹舟の形の下方に息づく肉芽を舌先であやすと、

「ぁああ、そこ……あ、あっ……いや、いや……したくなってしまう。したくなってしまう……ぁああ、ぁああああ、くっ……くっ」

淑乃は大きく腰を痙攣させて、唾液まみれの肉棹を握りしめる。

4

圭太郎がさらにクリトリスを舐めると、

「ああ、先生……これが欲しい。先生のこれが……」

淑乃が息も切れ切れに訴えてくる。

「……だけど、しつこいようだけど、いいのか？　ご主人はいいのか？」

「いいの。あの人のことはもういいんです。別れるんですから。先生に背中を押してほしいんです……ああ、先生のこれが欲しい！」

淑乃がぎゅっと肉棹を握って、しごいた。

「わかった。淑乃がそこまで考えているなら……きみのことだ。きっとその判断は正しいだろう……だけど、ほんとうにひさしぶりだから、上手くできるかどうかわからないぞ。彼を忘れさせるなんて、無理かもしれない」

「そんなことはいいの……先生とできるだけでいいの。気持ちの問題なんです」

「わかった……」

淑乃はソファを降りて、パンティストッキングとパンティを脱ぎ、向かい合う形でソファにあがり、圭太郎の下腹部をまたいだ。

（ああ、これが淑乃の裸か……！）

中学生のときから早熟だったが、着痩せするのだろう、今目にしている裸体は熟れきっており、適度に肉がついて、胸も尻も豊かだ。

学校で教壇に立っているときのきりっとした姿からは、とてもこの熟れた身体は想像できない。それがまた、圭太郎の欲望をあおった。

淑乃は片膝を突いて、いきりたつものをつかんで太腿の奥に導くと、切っ先を当ててさぐりながら、ゆっくりと腰を落としてくる。

すぐには入らずに、切っ先を微妙に動かしていたが、やがて、頭部が沈み込んでいく感触があって、

「ぁああ、入ってきた……ぁあうぅぅ」

淑乃は顎をせりあげ、上体を真っ直ぐに立てて、腰を落とし切った。

「ぁああ、いるわ。先生がいる……うれしい……うれしい……ぁああ、ぁあうぅぅ……」

顔をのけぞらせて、もう一刻もじっとしていられないといった様子で腰を前後に揺する。

すると、圭太郎の勃起をしっかりとホールドした膣が波打ちながらうごめき、ぎゅ、ぎゅっと締めつけてくる。

「おっ、くっ……！」

圭太郎はもたらされる快感を、奥歯を食いしばってこらえた。

（ああ、女性のなかはこんなにも気持ちいいものだったか……！）

温かい。そして、淑乃が腰を振るたびに、なかの粘膜がざわめくようにして、包み込んでくる。

「ぁああ、ぁあああ……気持ちいい……先生、気持ちいいの」

淑乃が顔を上向けて言う。その間も、腰は間断なく揺れつづけている。

「先生も気持ちいいですか？」

淑乃が上から見つめてくる。

「ああ、気持ちいいよ。まさかきみとできるとは思っていなかったから、何だか夢を見ているようだ」

「ふふっ、これは夢ではないですよ。ほら、こうすると……」

淑乃が蹲踞《そんきょ》の姿勢になって、尻を振りあげ、頂上から落とし込んできた。

それを繰り返すので、ビタン、ビタンと音がして、圭太郎のイチモツは深々と肉路に嵌まり込んでいく。台形に繁茂した漆黒の翳りの底に、自分の分身が出たり、入ったりしているのが如実に見える。

両膝を立てて、下腹部をぐいぐいと撥ねあげると、勃起が膣奥を打って、

「あっ……あっ……あんっ！」

淑乃が艶めかしい喘ぎを放つ。その甲高い声がひどくいやらしかった。

自分の上で淑乃の上体が弾み、たわわな乳房がぶるん、ぶるんと縦に揺れて、

「あんっ、あんっ、あんっ……ぁああ、先生……いいの、いいのよぉ」

淑乃がのけぞりながら口走る。

（よし、このまま一気に……！）

圭太郎は思い切り突きあげた。

しかし、途中で息が切れてきた。いったん休んで、息をととのえていると、

「無理なさらなくていいんですよ。わたしはこうして先生と繋がっているだけで、幸せなんですから」

淑乃がやさしい目で見て、前に屈んでくる。

圭太郎の髪を撫でながら、包容力のある顔で微笑み、静かに抱きついてきた。

下半身は繋がったままだから、充足感が強い。

「先生？」

淑乃が顔をあげて、上から圭太郎を見た。

「何？」

「こんなにお元気なんですもの。まだまだ働けますよ」

「……そうかもしれないな」

「大丈夫ですよ。先生はまだまだお若いです」

そう言って、淑乃が唇を合わせてきた。

ふっくらとした唇を重ねられて、ちろちろと舌で歯列をくすぐられる。なめらかな舌がツーッと上唇を横に這う。

そうやってキスをしながら、淑乃はゆるやかに腰を動かす。

（ああ、天国だ……！）

うっとりとして、もたらされる快美感を味わった。しばらくすると、淑乃を感じさせたい、突きあげたいというオスの本能がむらむらと湧きあがってきた。

（こういうときは、こうするんだったな……）

圭太郎はさらさらのウエーブヘアを撫で、しっとりとした背中と腰に手をまわした。

抱き寄せながら、腰を撥ねあげる。

勃起が斜め上方に向かって、蕩けた膣を擦りあげていき、それがいいのか、

「んんんっ……ぁあああ、ああ……先生、淑乃、気持ちいい……ぁあああ、先生、好き」

淑乃がぎゅうとしがみついてくる。

汗ばんだ肌が密着して、たわわな乳房が擦りつけられる。その豊かな弾力を感じつつも、圭太郎は奥歯を食いしばって突きあげた。

「あんっ、あんっ、ぁあん……ああ、先生、すごい、すごい……ぁあああ、くうぅぅぅぅ」

淑乃がしがみつきながら、上体をのけぞらせる。

圭太郎は尻をがしっとつかんで、力を振り絞って突きあげる。

「あん、あん、あんっ……」

淑乃が上で喘いでいる。

(俺はきっとこうしたかったんだな。この感触を求めていたんだな)

このままもっと突きあげて、淑乃に絶頂を迎えてほしかった。しかし、またあの胸の苦しさが襲ってきた。

心臓が必死に血液を送り出し、肺が空気を必死に吸い込む。

少し前まで煙草を吸っていたのがよくなかったのだろう、呼吸が苦しくなってきた。

動きを止めて、はぁはぁはぁと息を切らしていると、

「先生、すごかった。でも、あとはわたしに任せて……先生に腹上死されると困

るから」

淑乃は冗談ぽく言って口角を引きあげ、また上体を立てた。

両手を後ろに突いて、のけぞるようにして足を開き、その姿勢で腰を振る。

前から後ろ、そして、上下に腰を振り立てて、勃起を揉み抜いてくる。

蜜まみれの肉棹が翳りの底をうがち、透明な蜜があふれて、圭太郎の繊毛を濡らす。

「ああ、気持ちいい……先生は、先生は気持ちいい？」

「ああ、気持ちいいよ。締まってくる。うごめきながら、締まってくるよ」

「先生、わたし、イクかもしれない。イッていいですか？」

「いいぞ、私も出そうだ」

「ああ、うれしい……」

そう言って、淑乃は腰から下を激しく揺すりあげる。

後ろに引いた腰をしゃくりあげるようにくいっと前にせりだすので、肉棹が窮屈な肉路に揉み抜かれて、射精前に感じるあの逼迫《ひっぱく》した感覚がふくらんできた。

「おおぅ、くっ……」

「ぁあああ、あああ……いいの、いい……ぁああ、ぁあああ……先生、イクわ。イク、イク、イッちゃう……！」
うわ言のように口走りながら、淑乃が激しく腰を揺すりたてる。

何かにとり憑《つ》かれたように動きが速く、鋭くなって、圭太郎も一気に追い込まれた。

「くうぅ……出そうだ」

「ぁああ、ください……先生、ください……ぁああ、あんっ、あんっ、あんっ……ぁああああ、イク、イク、イっちゃう……！」

淑乃が腰を振りながら痙攣をはじめた。

圭太郎が今だと腰を突きあげたとき、

「……イクぅ……！」

淑乃はのけぞり返って、それからがくん、がくんと躍りあがった。膣がオルガスムスに収縮するのを感じて、駄目押しとばかりにもうひと突きしたとき、圭太郎も放っていた。

「ぁああ……！」

吼えていた。吼えながら放っていた。

どこにこんな量が溜まっていたのかと思うような大量の精液が、細い管を押し広げながらしぶいて、放出する悦びが全身を心地よく痺れさせる。

打ち終えたとき、淑乃ががっくりと伏せってきた。

圭太郎は汗をかいて湿ってきた髪を撫で、柔らかな身体を抱きしめる。

自分が女を抱いて、イカせたということがどこか夢のようで信じられない。しかし、今味わっている淑乃の肉体は現実以外の何物でもない。

「先生……」

淑乃が顔をあげて、圭太郎を見た。

アーモンド形の目が今は潤みきっていて、女が気を遣ったときのとろんとした表情が圭太郎に自信を与えてくれる。

「何？」

「わたし、イキました。先生のおチ×チンで」

淑乃が茶目っ気たっぷりに言い、一転して恥ずかしそうに顔を胸板に伏せた。

「私も気持ち良かったよ。そもそも、自分がセックスできるなんて思っていなかった。淑乃のお蔭だよ。ありがとう」

「……先生、まだまだお元気ですよ。びっくりしました……」

そう言って、淑乃が顔を下へと移し、力を失った肉茎を舐めはじめた。

精液と愛蜜の付着した肉茎を丁寧に舌で清めていく教え子を見て、圭太郎は淑乃とはもっともっと深いつきあいになるのではないか、という予感を持った。

第二章　忍びよる右手

1

一月十四日の土曜日の夜、圭太郎は新宿駅南口にあるバスタ新宿に来ていた。
これから、夜行高速バスで秋田に向かうのである。
圭太郎の周りには、三人の女性がいた。
三十八歳の鶴田淑乃、二十八歳の川島由季子《かわしまゆきこ》。そして、二十三歳の山口瑞希《やまぐちみずき》――。
いずれもが、圭太郎の教え子であり、現在教師をしている女性だった。
淑乃によれば、恩師の新しい門出を祝う旅行として参加者を募れば、多くの教え子たちが来てしまって、収拾がつかなくなる可能性が強い。

それで、圭太郎の教え子であり、同時に教師になった女性だけを選抜したのだと言う。

何かおかしいな、とは思ったが、

『彼女たち、教師としていろいろと悩んでいるみたいで、先生に相談事があるようなんです。旅行中に先生と話すことができれば、今後の教師生活にも役立つと思うんです。それに、全員教師の旅行って面白いと思いませんか？』

そう淑乃に説得されると、確かにそうかもしれないと思った。

大勢とともに大々的に旅行するのは、圭太郎もしんどい。教え子でもあり現役教師という共通項を持っている者だけで旅をするのも、妙案だろう──そう考えて、ゴーサインを出した。

行きは夜行バスを使うと聞いて、驚いたが、これはどうやら山口瑞希の都合らしい。どうしても夕方まで外せない用事があって、どうせなら全員一緒に旅程も愉しみたいから、と淑乃が夜行バスを選択したようだ。

圭太郎は、夜行バスは眠れないし、座っているだけで疲れるというイメージを持っていたが、淑乃によれば、最近の高速バスはシートなどの設備がととのっていて、すごく快適だと言う。

「先生、お腹大丈夫ですか？　バスのなかって基本的に何も食べられないから、今のうちに食べておいたほうがいいですよ」

そう声をかけてきたのは山口瑞希で、二年前に教職についたばかりの新人教師だ。

つやつやのボブヘアでくりくりっとした大きな目の明るい子で、中学のときは小柄だが俊敏である長所を活かして女子バスケット部で活躍していた。いつも溌剌《はつらつ》としていて、周囲を元気にするパワーを持っているから、瑞希が小学校の教師になったと聞いたときは、それもありかな、と思った。

「途中、何カ所かサービスエリアで休憩するから、そのときに食べることもできるわよ」

と、淑乃が助言する。淑乃は頭もいいし、情報も持っているから、だいたいどこに行ってもリーダー格になる。

「ああ、そうですね……さすが、鶴田先生。ここを午後九時に出て、秋田の大曲につくのが、ええと……」

「六時四十五分だから、おおよそ九時間かかりますね」

川島由季子が、瑞希の補足をする。

由季子は清楚な美人で、今もこの待合室にいる何人かの男性が、彼女をちらちらと見ている。

すらりとした体型で、ストレートヘアからのぞく顔は穏やかでやさしい雰囲気をかもしだしている。それは、二十八歳になった現在でも変わらない。

父親が教師で、その父親に憧れを抱いていたから、彼女が教師になったのは納得できた。成績もよかったし、万事そつなくこなすから教師としてもやっていける。ただひとつ心配なのは、美人すぎることだ。

教師をつづけていく上で、美人はある意味ではとても厄介なことだった。男子生徒には片恋慕されて言い寄られるだろう。『先生が初恋の人です』という男子生徒がかなりいそうだ。女子にはその美貌を妬まれて、いじめられるだろう。同僚教師にも同じことが言える。

だが、由季子は三年前に、二つ年上の男性教師と結婚をした。

これで、教育以外の煩雑な悩みから解放されるだろうと、ほっとした覚えがある。

「そろそろバスが到着するわね。行きましょうか」

淑乃にリードされて、四人は待合室を出て、ターミナルに向かう。

すぐに秋田行きの大きなバスがやってきて、四人は乗り込む。

細い通路の両側に二席ずつ、四列シートが設置されている。

指定席になっていて、圭太郎の席は最後尾の右側で、隣には淑乃が座る。

そして、通路を隔てた反対側のシートには、由季子と瑞希が並んで席につく。

通路側にはシートごとにカーテンがあって、それを引けばプライバシーがある程度守られる。

二つ並んでいるがベンチシートではなく独立したシートである。

そこに腰をおろしただけで、快適さが伝わってきた。クッションもいいし、体をホールドしてくるその支える感触がいい。これなら、長時間座っていても、疲れないだろう。

窓側の席についた淑乃が、スマホの充電口やシートの倒し方を教えてくれる。

シートは最大百四十度までリクライニングできるらしい。

しかも、頭を乗せる可動式の枕や、フットレストもついていて、至れりつくせりの設備だった。

「どうですか、先生？」

隣の淑乃がにっこりする。

「すごいな。私が乗った夜行バスとは大違いだ。びっくりしたよ」

「今、若者の間でも、夜行高速バスを利用する者が増えているんですよ。寝て行けるし、料金も安いですから」

「わかるな、それは……これなら」

圭太郎はシートをリクライニングしてみる。大きく後ろに倒れるので、問題なく眠れるはずだ。

反対側の二人も最新式の夜行バスは今回が初めてらしく、とくに、瑞希は「すごい、すごい」とはしゃいでいる。

乗客が乗り、バスがバスタ新宿をゆっくりと出た。

深夜まで二カ所で止まって休憩を取り、その後は朝まで止まらずに、午前八時に秋田駅に到着する。四人が降りるのは、そのひとつ前の大曲駅だった。

トイレがついているから、圭太郎も安心できた。

高速に乗るまでは、街中を走るらしい。

と言っても、窓のカーテンは閉め切ってあるから、外は見えない。

通路側に座っていた圭太郎が通路のカーテンを閉めると、急に二人が密室にいるような奇妙な錯覚に陥った。

それが礼儀なのか、乗客は会話ひとつしない。時々、咳が聞こえる程度だ。

みんな、明日に備えて眠ろうとしているのだ。

隣を見ると、淑乃が座席を倒して、ブランケットを下半身にかけて目を閉じていた。

ふわりと波打つ黒髪がそのととのった横顔にかかり、きちんと膝を揃えて、シートに仰向けになっている。

だが、淑乃はタイトフィットなニットのワンピースを着ているので、胸のたわわなふくらみが浮き彫りになっていて、視線がそこに向かってしまう。

淑乃とは一度身体を合わせているから、どうしても邪心が芽生える。

ここはいちばん後ろの席であり、通路とはカーテンで区切られているから、多少のことをしても他の客には気づかれないだろう。

しかし、圭太郎はいまだ現役の教師である。まさかこんな公共の場で、後輩の女教師に手を出すことなどできない。ましてや、反対側の席にも元教え子の女性教師たちがいるのだから。

我慢して、しばらく横になっているうちに、眠ってしまったようだ。

どのくらいの時間が経過したのか、圭太郎は太腿に違和感を覚えて、ハッと目を覚ました。見ると、淑乃の手が圭太郎のかけているブランケットの内側に入り込んでいた。

(えっ……これは?)

隣を見る。淑乃はこちらを向いて、スッと口角を吊りあげた。

それから、ちらりと前を見て、前の座席の客が眠っているのを確認したのだろう。さらに身体を寄せてきた。

ブランケットの下で、淑乃の右手が太腿から、ズボンの股間へと這いおりてきた。そして、イチモツを静かにさすりはじめた。

ここはバスの車内なのだ。こんな破廉恥なことをさせてはいけない。

「やめなさい」とたしなめるべきだ。

しかし、先日淑乃を抱いたとき、分身がいきりたった。そんな記憶がイチモツにも残っているのだろうか、気持ちとは裏腹に分身が力を漲らせ、ズボンを押しあげてくる。

ブランケットもそこだけ大きくテントを張っている。

「硬くなったわ」

淑乃が身を寄せて、耳元で囁いた。温かい吐息がかかり、胸の豊かなふくらみを感じた。

(うん……?)

圭太郎の腕に触れた胸が柔らかすぎた。

よく見ると、ベージュのニットワンピースの胸のふくらみの頂がツンとせりだしている。

(もしかして、ノーブラ……?)

いや、まさか女性だけの旅で、ノーブラで来たりしないだろう。同性の目がある。しかし、どう見ても……。

その間にも、淑乃の指先は巧妙にズボンの股間をさすってくる。

圭太郎の肩に頭を預けるようにしているので、たとえ前の席の乗客が見ても、年下の恋人が甘えているというくらいにしか見えないだろう。

だが、ブランケットの下では、しなやかな指が股間のものを撫でさすりつつ、鼓舞しているのだ。

張りつめた亀頭部を、布地越しに指先で丸くさすられると、ジンとした熱さがひろがっていき、分身がますますいきりたつのがわかった。

と、淑乃の手がズボンのベルトをゆるめはじめた。バックルを外して、ベルトをゆるめ、さらに、チャックを降ろそうとする。

「やめなさい」

耳元で、たしなめた。

「大丈夫ですよ。誰にもわかりません……」

淑乃が耳に顔を寄せて言う。

「皆さん、眠っていますから」

そう耳打ちして、淑乃がズボンのチャックを外した。

ゆるんだズボンから手を差し込んで、ブリーフの内側へと指をすべり込ませてくる。

「くっ……！」

圭太郎は洩れそうになった声をかろうじてこらえた。

温かくてしなやかな指に、屹立を握り込まれたのだ。

「よ、よしなさい……」

近づいてきた淑乃の耳元で、訴え、周囲を見まわした。

「大丈夫ですよ。あれから、ずっと先生のこれが恋しくて……」

淑乃が耳元で甘く囁きながら、勃起を握り込んでくる。

殺し文句だった。

こんなことを言われて、拒める男などいやしない。

しなやかな指が勃起をさすり、握って、ぎゅっ、ぎゅっとしごいてくる。

あのとき味わった快感がまたうねりあがってきて、圭太郎は身を任せるしかなくなった。

百四十度近く後ろに倒れたシートに凭れかかって、足を開き、股間をゆだねる。

淑乃が圭太郎の膝にかかっていたブランケットを外した。

ハッとして見ると、ベルトのゆるめられたズボンの股間に淑乃の手が入り込んでいて、ブリーフが手の動きにつれて持ちあがり、卑猥に揺れている。

(こんなこと……!)

自分が体験していることが現実だとは思えない。

昨年末のセックスもそうだった。淑乃が圭太郎をいまだかつて体験したことのない世界へと連れていっている。

(あの淑乃が……優等生だった淑乃が……!)

中学のセーラー服をつけた淑乃が脳裏に浮かんだ。

手招いている。こっちに来て、と明るく笑いながら、圭太郎を呼んでいる。

2

淑乃がちらりと周囲をうかがってから、上体を乗り出すようにして、ズボンとブリーフに手をかけた。

あっと思ったときは、膝までさげられていた。

ぶるんっとこぼれでてきた肉柱がバスの天井に向かってそそりたっていた。

(こんなになるとは……!)

それを見た淑乃が圭太郎に向かって微笑みかけた。それから、物音を立てないように上体を曲げて、下半身に屈み込んできた。

右手で茎胴をつかみ、唇をひろげていく。

ギンとした肉棹が柔らかく、温かな口腔に包み込まれていく。

「くうっ……!」

あまりの気持ち良さに、圭太郎は歯を食いしばって、上を向く。

ふっくらとした唇が勃起の表面をすべり動き、分身が蕩けていくような快美感がじわっとひろがってくる。

信じられなかった。自分は今、バスの車中で元の教え子にフェラチオされている。

どうしても周囲が気になって、快感に集中していけない。

確かめるように前を見るが、ほとんどの客は静かで、身動きしない。腕時計を見ると、すでに午前一時だった。眠ってしまっているのだろう。

それに、高速道路は信号がないから、走りがスムーズだ。振動や揺れも少ない。

しかし、静かだからこそ、物音を立てないようにしないといけない。

分身の側面をなめらかな肉片がツーッと這いあがっていた。

淑乃が勃起のサイドに舌を伸ばして、舐めあげているのだ。

隣のリクライニングシートから身を乗り出すようにして、舌を走らせている。

舐めあげられるたびに、ぞわぞわっとした戦慄が走り、足が突っ張ってしまう。

淑乃は垂れ落ちるウエーブヘアをかきあげて、ちらりと見あげてきた。

目が合うと、はにかむような笑みを浮かべ、またうつむいて、今度は茎胴に唇をかぶせて、ゆったりと顔を打ち振る。

枝垂れ落ちた髪の先が鼠蹊部に触れて、その、くすぐったいような触感が心地よい。

淑乃は静かに、唇を往復させる。

（何という気持ち良さだ……！）

圭太郎は目を瞑って、もたらされる快感をじっくりと味わう。

バスのタイヤが高速道路をグリップする音がして、わずかにエンジンの振動が伝わってくる。

こうしていると、擦れた唾液が立てるかすかな粘着音も聞こえる。

だが、この程度では前の乗客には聞こえないだろう。前の座席には、おそらく大学生だろう若い女の子が二人座っていたが、二人ともイヤフォンをしていたから、スマホで音楽を聞いていたのだろう。その二人も今は規則的な寝息を立てている。

淑乃がいったん吐き出して、右手で唾液まみれの肉棹を握りながら、圭太郎を見た。

車内の主な照明はすでに消えているが、非常灯がついているから、表情は見て取れる。

目は細められ、瞳が濡れている。

その何かをせがむような表情が圭太郎をかきたてる。ブランケットの下の腰が微妙に揺れていた。

あっと思った。

淑乃はいつの間にか左手をブランケットのなかに入れていた。下腹部をまさぐっているのだろう、ブランケットが波打っている。

じっと見ていると、淑乃の足がぐぐっとひろげられ、ブランケットが太腿と下腹部の形そのままに沈み込んだ。

淑乃は足を閉じたり、開いたりするので、太腿にまとわりついたブランケットも揺れて、形成された谷間の奥が指の動きにつれて、もこもこと盛りあがっている。

そして、淑乃は圭太郎の勃起を握りながら、

「くっ……くっ……」

と、声を押し殺している。

ここまでされて、何もしないわけにはいかないだろう。

圭太郎は隣の席に体を寄せながら、右手でニットワンピースに包まれた胸のふくらみをつかんだ。

もう一度前を見て、誰もこちらを見ていないことを確認し、おずおずと揉み込んでいく。

フィットしたニット越しに、たわわで柔らかいふくらみを感じる。

（この感触は……やはり、ノーブラではないのか？）

ベージュのニットからツンとせりだしている突起をつまんだ。くりっと転がすと、

「んっ……！」

声を押し殺しながら、淑乃が顔をのけぞらせる。

（ああ、やはりノーブラだ……！）

淑乃はこのツアーに、ブラジャーをつけないで参加したのだ。

（なぜだ……？）

思いつく理由はひとつしかない。圭太郎に触らせるためだ。圭太郎の隣のシートに座るのも予定通りだろう。だから、このニットワンピースという身体のラインが出る格好で、しかも、ノーブラで来たのだ。

（バスのシートでのフェラチオも想定内ということか……）

やはり、自分は淑乃に踊らされているのだ。

しかし、それがいやかというと反対で、淑乃に翻弄されることは怖いが、どこか愉しい。

圭太郎は通路側の席から窓側へと上体を傾けながら、胸のふくらみを揉む。量感あふれるふくらみがしなって、その柔らかいが指を押し返してくるような弾力がたまらない。

揉みあげて、さっきより明らかに突きだしてきた突起を、ニット越しにつまんで転がすと、

「んっ……んっ……」

淑乃はびくん、びくんとのけぞり、そして、股間に伸ばした指をいっそう激しく動かして、握りしごいてくる。

足が徐々にひろがっていき、膝にかかっていたブランケットが落ちた。

(ああ、これは……！)

すらりとした足が大きく左右にひろがって、むっちりとした太腿にニットワンピースが張りついている。

だが、裾のなかに左手が入り込んでいるので、裾がめくれあがって太腿がかなり際どいところまでのぞいてしまっている。

しかも、下腹部が何かを求めるように、ぐいぐいとせりあがっているのだ。

たまらなくなった。

圭太郎は胸を揉んでいた手をおろしていき、ニットワンピースの裾のなかにすべり込ませた。

と、それを待っていたとでも言うように、淑乃の左手が引いていった。

圭太郎の指はじかにパンティに触れていた。どうやら、太腿までの肌色のストッキングを穿いているようだ。

すべすべしたパンティの基底部に触れると、そこはすでに湿っていて、指がぐにゃりと柔肉に沈み込んで、

「んっ……！」

淑乃は洩れかけた声を手のひらで懸命に抑え込む。

パンティの湿りけが、圭太郎をオスにさせる。

基底部を指腹で撫でると、狭間のぬめりが伝わってきて、周囲のふくらみが指にまとわりついてくる。

なぞりつづけると、いっそう湿りけが増し、ついには、パンティの表面にまで潤みが沁み込んできて、

「んっ……んっ……」

淑乃は洩れそうになる声を手のひらで必死に封じ込めながら、下腹部をさらにせりあげてくる。

じかに触れたくなって、圭太郎はもう一度前を見て、こちらを気にしている者がいないことを確かめた。それから、パンティの上から左手を差し込んでいく。

温かな肌と柔らかな猫の手のような繊毛を感じた。

さらにその奥へと指をすべり込ませていくと、潤んだ恥肉が割れて、ぬるっとしたものがからみついてきて、

「くっ……！」

淑乃が顎をせりあげた。

狭間をなぞった。ねっとりとした粘膜を指がすべっていき、いっそう濡れが強くなり、

「ねえ、舐めて……舐めて」

淑乃が潤んだ瞳で訴えてくる。

圭太郎としても指でいじるよりも、クンニをしてあげたい。しかし、どうすればいいのか？

前のシートとの間隔を見たとき、これなら、この空間にしゃがめるのではないかと思った。

このタイプの夜行バスは前のシートとの間隔がひろく取ってあって、足を伸ばしやすくしてある。

自分はまだ現役教師であり、六十歳の熟年男だ。いまだ教職につく者がこんな破廉恥なことをしてもいいのか？

しかし、そんな躊躇を潤みきった柔肉と、何かをせがむかのようにせりあがる動きが押し流していった。

3

圭太郎はシートベルトを外して、音を立てないように気をつけながら、隣の座席と前の座席の隙間に移動して、しゃがんだ。

それから、濃紺の地に白い刺しゅうのついているパンティを脱がせて、足先から抜き取っていく。

膝をつかんで開かせると、台形の翳りの底に濡れそぼった女の花肉が息づいていた。

（ああ、すごい……こんなに濡らして……）

そこはさっき指でいじったせいか、華麗な肉びらがひろがっていて、内部の潤みがあらわになっていた。滲みだした透明な蜜が満遍なく局部を覆い、バスの薄暗い明かりでもぬらぬらとした光沢を放っている。

見あげると、淑乃がこくんとうなずく。

圭太郎はそっと顔を寄せていく。

甘酸っぱい性臭が鼻をかすめ、潤みに沿って舌でなぞりあげると、とろっとした粘膜がからみついてきて、

「くっ……！」

淑乃が足をよじりながら、顔を撥ねあげた。

内に絞られた太腿を外側へと押しあげながら、なおも狭間を上へ上と舐めあげる。

そのたびに、太腿がぶるっ、ぶるっと震えて、つづけるうちに、下腹部が動く舌を追ってきた。

足をM字に開かれつつも、翳りの底をせがむかのように突きあげてくる淑乃を

とても淫らに感じて、圭太郎も昂った。

濃い陰毛に隠れて息づいているクリトリスに舌を伸ばした。

包皮をかぶった肉芽をちろちろと舌で刺激すると、ここがもっとも感じるのだろう、淑乃は「くっ……くっ」と身体を反らせる。

気づかれたら困る。いったん愛撫をやめて周囲をうかがう。

大丈夫だ。こちらを気にしている者はいない。

圭太郎が足を放しても、淑乃は自分でひろげてくれている。

陰核の根元に指を添えて力をこめると、つるっと包皮が剝けて、ぬめる本体が姿を現した。

ぷっくりとしたふくらみは、充実していて大きい。

肉の真珠のような光沢を放つそこを、舌であやすと、

「んっ……んっ……んんんっ……」

淑乃は右の手のひらを口に押し当てて、自分で声を封じながらも、がくん、がくんと震えだした。

この前より、いっそう身体が敏感になっている。

二度目だからだろうか、それとも、この特殊な状況に昂ってしまっているのだ

ろうか？

委員長を務めたあの優等生が、夜行バスの車内で女の恥部を舐められて感じている。そのギャップのようなものが、圭太郎を舞いあがらせる。

垂れさがってくるニットワンピースの裾をめくりあげながら、肉の真珠を舌で上下左右に弾き、吸いあげる。にゅるっと肉芽が伸びて、

「はぁああ……！」

あふれかけた喘ぎを、淑乃は手のひらで必死に抑え込む。

それでも、下半身は奔放に動き、吸われるままに下腹部がせりあがり、がっくりとシートに落ちる。しばらく何もせずにいると、もっと、もっとして、とでも言うように腰が揺れる。

好都合なのは、シートの性能が良くて、多少上で動いたくらいではまったく音を立てないことだ。

圭太郎はふたたびクリトリスをしゃぶり、吸い込み、吐き出し、またリズミカルに舌を叩きつける。

その頃には、女陰本体も口をひろげ、やや濁った蜜をこぼし、あふれだした蜜がしたたって、ニットワンピースを濡らしていた。

圭太郎はさらに陰核をかわいがりつづける。

淑乃が圭太郎の耳元でさしせまった様子で訴えてきた。

「先生、欲しい」

「来て……」

両手をひろげて、とろんとした目で圭太郎を見る。

淑乃を刺し貫きたかった。ひとつになりたかった。

しかし、ここではさすがに挿入できないだろう。

ためらっていると、淑乃が上体をあげて、圭太郎の耳元で言った。

「したいの、先生と。ここでしたいの。大丈夫、静かにすればわからないわ。先生、お願い」

そう哀願されると、拒めなかった。

淑乃がリクライニングシートをぎりぎりまで倒した。百五十度まで倒れたシートで淑乃が自ら足をひろげた。膝を曲げてM字に開いている。

その淫靡な光景にくらくらしながらも、圭太郎はもう一度周囲をうかがって気配を確かめた。大丈夫だ。異常はない。

淑乃に覆いかぶさるようにして、いきりたつものを挿入しようとした。しかし、位置がつかめなくてなかなか入っていかない。

そのとき、淑乃の手が伸びてきて、勃起を導いてくれる。

(よし、ここでいいんだな)

慎重に腰を入れていくと、先端がとても窮屈な入口を押し広げていく確かな感触があって、

「くっ……」

と、淑乃がのけぞりながら、右の手のひらを口に押し当てて、声を押し殺した。

(ああ、これだった。このぬるま湯につかっているようでいて、みっちりと包み込んでくる感触……!)

じっとしていると、淑乃の足が腰にからんできた。そして、せきたてるように自分から陰部を擦りつける。

引き寄せられるたびに、温かな粘膜がうごめきながら勃起を締めつけてくる。

(おおう、気持ち良すぎる……!)

淑乃と繋がっていると、他のことがすべて頭から消え去ってしまう。

この下半身が蕩けるような瞬間に夢中になってしまう。

圭太郎は覆いかぶさっていき、ニットワンピースのひろく開いた襟をさらにひ

ろげながら押しさげる。

袖から淑乃が腕を抜いたので、もろ肌脱ぎの形になって、大きな乳房がこぼれでた。やはり、ブラジャーはつけていなかった。

自分のためにノーブラで来てくれたのだと思うと、ますます淑乃が愛おしくなる。

周囲をうかがったが、気づいている者はいないようだ。

よし、これなら大丈夫と、こぼれでた乳房に貪《むさぼ》りついた。

血管が透けでるほどに薄く張りつめた乳肌が仄白く浮かびあがり、バスの車内で見る乳房はひどく淫靡なものに映った。

たわわなふくらみを揉みながら、乳首を口でかわいがった。

見る見る硬くせり出してきた突起を舌でゆっくりと上下になぞり、素早く左右に撥ねる。

「ぁああ、くっ……くっ……」

と、淑乃は手のひらを口に当てて、懸命に声を封じている。

耳をそばだてていれば聞こえるだろうが、よほど注意していなければ聞こえないはずだ。

圭太郎はもう一方の乳首にしゃぶりついて、同じように舌を打ちつけながら、もう片方の乳房を揉みしだく。

淑乃は乳首が強い性感帯だから、より丁寧に攻める。

すると、淑乃は懸命に声を押し殺しながらも、動かして、とばかりに腰を振って、濡れ溝を擦りつけてくる。そのたびに、膣がぎゅ、ぎゅっと締まる。

（おおう、出てしまう……）

少しでも長く、この状態を愉しみたい。

圭太郎は顔をあげて、キスを求める。

唇を寄せると、淑乃も唇に貪りついてきた。なめらかな舌で唇や歯列をなぞり、それから、ぎゅっと抱き寄せながら、唇を強く合わせてきた。

その積極的な口づけが、圭太郎の本能に火をつける。

舌と舌をからめながら、腰をつかった。

二人の体重を受けたシートはわずかに揺れたが、軋むような音は立てない。

夜行バスの車中で、現役の女性教師を貫いている。

自分でしておきながら、どこか夢でも見ているようだ。

淑乃に導かれて、未知の領域に踏み込んでいる。

そのせいだろうか、圭太郎のイチモツは力を漲らせつづけていて、そのことが自信に繋がる。

唇を合わせながら腰をつかっていると、下半身が甘く蕩けていくような快感がひろがってきた。

「ああ、出そうだ」

耳元で訴えると、淑乃も囁く。

「先生、ちょうだい。出して」

「いや、しかし……」

「外に出したら、匂ってしまうわ。だから、なかに出して」

淑乃が下から潤んだ瞳を向ける。

柔らかく波打った髪のかかるやさしげな顔が、今はさしせまったものに変わっている。

圭太郎は少しずつ打ち込みを強くしていく。

いっぱいにふくれあがった勃起が、窮屈でとろとろの膣を深くうがち、射精前に感じる熱さが急速にひろがってきた。

「ああ、出すぞ、出す」

小声で言うと、淑乃は圭太郎の腕をぎゅっと握り、ぐぐっ、ぐぐっと顎をせりあげる。

「ください。イク……イキます」

淑乃が強くしがみついてきた。

(ああ、淑乃、淑乃……！)

名前を心のなかで呼びながら、力を振り絞って叩き込んだとき、

「くっ……！」

淑乃が腕につかまりながら、のけぞり返った。

気を遣るのを確認して、ダメ押しとばかりに深くえぐったとき、圭太郎にも至福が訪れた。

洩れそうになる呻きをこらえながら、ぴったりと下腹部を押しつける。

放出される男液を、淑乃は痙攣しながら受け止めている。

(気持ち良すぎる……俺はバスのなかで射精している！)

打ち終えて、ぐったりと覆いかぶさっていくと、淑乃は圭太郎をやさしくさすって、

「先生、すごく良かったわ」

ぎゅっと抱きしめて、キスを浴びせてきた。

圭太郎は早く元の席にとは思うものの、この状態が快適すぎて、しばらくじっとして、淑乃の温かな膣に包まれていた。

第三章　旅の宿

1

朝、大曲《おおまがり》に到着した一行は高速バスを降りて、大曲の駅で休憩を取りながら朝食を食べた。

圭太郎は車中で淑乃を抱かせてもらい、適度な疲労と心地よいバスの揺れで、しばらくして眠ってしまった。自分がこれほど夜行バスで眠れるとは思っていなかった。

淑乃も隣でぐっすりと寝ていた。

反対側のシートに座っていた由季子も瑞希も眠りは足りているようで、バスを降りてからも機嫌がよかった。

その様子から推《お》して、二人は昨夜の、圭太郎と淑乃の車中セックスにはまったく気づいていないようだった。

瑞希などは朝から元気一杯で、雪の降り積もった周囲の山々を見ては歓声をあげ、駅の近くの店での朝食もあっという間に平らげて、まだ食べ足りなさそうな顔をしている。まだ二十三歳と若く、一晩バスに揺られたくらいではびくともしないのだ。

暖かそうなコートの下にはセーターを着ていて、その胸ははち切れんばかりに大きく、ミニスカートから突き出た足には防寒用に黄色のタイツを穿いている。

格好だけ見たら、とても小学校の教師だとは思えない。

しかし、実際は生徒たちにはとても愛されていて、お姉さんのように慕われているらしい。瑞希は小学生のレベルまで自分をさげることができる。

いや、本人には合わせるなどという意識はないだろう。ごく自然にできてしまうのだ。

本人が意識しているのかどうかわからないが、それは小学校の先生をする上で、とても大きな才能だった。

朝食を摂《と》りながら、淑乃が言った。

「昨日はわたしが先生をお世話する係だったけど、今日は由季子さん、あなたがお世話をする番ね。で、明日が瑞希。それでいいよね？」

由季子がうなずいたが、瑞希は不満そうだった。

「瑞希もいいわね？」

リーダーの淑乃の言うことには従わざるをえないのだろう、

「わかりました。明日はわたしの番だから、我慢するわ」

瑞希が悔しそうに言う。

（さすがだな……このへんがリーダーシップのあるところなんだろう）

圭太郎は感心してしまう。

それに、圭太郎は由季子に好感を抱いているから、今日一日が愉しみになってきた。

少し時間を潰してから、四人は大曲駅からＪＲに乗る。

今日の予定は、まずは角館《かくのだて》で降りて、角館の武家屋敷などの町を見る。それから、田沢湖に向かって田沢湖から乳頭《にゅうとう》温泉にまわり、乳頭温泉のお湯につかり、その後、田沢湖の近くの旅館に泊まる。

席についで落ち着く間もなく、電車は角館に到着して、四人は降りる。

そこから歩いて、角館の武家屋敷に向かった。

雪は降っていないが、町角には雪が残り、いよいよ雪国にやってきたのだという実感が湧く。

雪かきがなされた道をぶらぶら歩いていく。

さすがに空気が冷たい。

しばらく歩いて、武家屋敷通りに到着した。春には、枝垂れ桜が咲き誇る町並みも、今はところどころ雪に覆われていて、冬の風情がある。

散歩をする間も、由季子が隣にぴったりと寄り添って、話しかけてくれる。

やはり、美人を隣に、旅先を歩くのはそれだけで心が躍る。

由季子は中学校で社会科の教師をしている。

圭太郎が担任をしていた中学一年生の頃は小学生に毛が生えた程度でまだ幼かった。しかし、とにかくきれいで、この美少女見たさに、通学路に男子生徒が群をなしていたと言う。

由季子は順調に成長して、卒業するときは、すでに大人びた雰囲気をも滲ませていた。東京の私立高校に進学し、大学に入って、その後、教師になった。

それ以降も同窓会などで時々顔を合わせた。相変わらず、男なら二度見するほどのさえざえとした美人だったが、三年前に同僚教師と結婚した。

彼女が結婚したときは、周囲の男性で肩を落とした者が何名もいた。

由季子はただ美人というだけでなく、社会科教師としても優秀で、また言うべきことはきちんと主張することで、教師としての評価も高かった。

今回、圭太郎のためのツアーに参加してくれたことには驚いたが、うれしくもあった。

こうして隣に由季子がいることで、圭太郎の心はウキウキする。

四人は真っ直ぐに伸びた武家屋敷通りを歩いて、もっとも有名な青柳家に入館した。

広々とした敷地に、約百六十年前に造られたという武家屋敷の様々な建物が、昔のまま残っていて、見学のしがいがある。

由季子は社会科教師でとくに歴史には造詣が深く、この屋敷のことを隣で解説してくれる。

ストレートロングの髪がお洒落なシルエットのコートの肩に散り、鼻筋の通った凛とした横顔は見ているだけで幸せな気持ちになる。

もし、由季子の教師としての欠点をあげるとすれば、それは美人すぎることだろう。結婚はしているものの、今でも多くの教職員や生徒からも言い寄られているに違いない。それをさばくだけで大変だろう。もう少し美人でなければ、無駄な労力を使わずに教師生活に集中できるだろうに……。

「先生……」

他の二人と離れたときに、由季子が立ち止まった。

「何?」

「……今、ちょっと生徒のことで悩んでいるんです。夜にでも相談に乗っていただけますか?」

そう言ったときの顔が深刻そうだった。

「ああ、もちろん、乗るよ。そのための旅行みたいなものだからね。クラスがまとまらないとか?」

「……いえ、そうではないんですが……」

「ひょっとして、男子生徒に言い寄られて、その対処に困っているとか?」

「……それは、またあとでお話しします」

当てずっぽうだったが、由季子の表情が引きしまったから、それに類すること だろう。

一行はその後、樺細工《かばざいく》伝承館でいくつかのお土産の樺細工を買い、さらに、春には満開の桜が美しい、近くを流れる川の堤をぶらぶら散歩して時間を潰し、蕎麦屋に入って、早めの昼食を摂った。

その後、ＪＲで田沢湖まで行き、冬の田沢湖を見て、バスで近くにある乳頭温泉郷まで足を延ばして、露天風呂につかった。

白い雪に覆われた乳頭温泉郷は、幾つかの温泉をまとめた総称であり、四人はなかでももっとも趣《おもむき》があると言われる鶴の湯・本陣の露天風呂に入った。

乳白色の温泉は混浴であり、圭太郎は期待したのだが、結局三人は女性専用の露天風呂に入った。

それでも、圭太郎は温泉ファンの憧れの的である乳白色のお湯につかっていると、これまでの長い教師生活の疲れが取れていくような気がした。

しばらく休んで、本日の宿泊先である田沢湖の近くの旅館に着いたのは、夕方前だった。

三階建ての旅館は昔ながらの木造の重厚な造りであり、その、時代が遡《さかのぼ》ったような懐かしい雰囲気が、今の圭太郎にはしっくりきた。

何より、温泉が充実していて、内風呂と露天風呂合わせて、五つの温泉があるらしい。

四人は食事処で地元の食材をふんだんに使った鍋を食べる。そこで、浴衣に袢纏をはおった淑乃が言った。

「先生、今夜は先生のために貸切り風呂を借りてありますから、ゆっくりと寛いでください。露天じゃないですけど、外の景色は見えるそうですから、雪見風呂を愉しんでくださいね」

「ああ……悪いね。私は早めに出るから、後できみたちも入ったらいいじゃないか」

「ふふっ……大丈夫です。愉しみは明日に取っておきます。明日の不老ふ死温泉は海の見える混浴の露天風呂ですから。四人で入りましょうよ」

酔いで赤くなった顔で淑乃が言う。

「いや……いいよ、そんなこと……」

そう答えながらも、圭太郎は胸の高鳴りを抑えられなかった。

2

夕食を終えて、部屋で休み、貸切り風呂の時間が来たので、部屋を出た。

一階にある貸切り風呂に行き、入口の札を『入浴中』に裏返した。

脱衣場で浴衣を脱ぎ、ひとりで入っていく。

そこは、こぢんまりした総檜造りの風呂で、檜の芳ばしい香りがわずかに匂って、気持ちが安らいだ。

かけ湯をして、浴槽につかった。

柔らかで透明なお湯が気持ち良かった。大きな窓は湯気で曇っていたが、手で露を拭くと、外の雪景色が見えた。

森がせまっていて、針葉樹に白い雪が綿のように積もり、クリスマスツリーのようだ。

長い教師生活で滓のように溜まっていたものが、薄れていくのを感じる。

そのとき、脱衣場で人影が動くのが、引き戸のスリガラスを通して見えた。

(うん？　おかしいな。入浴中の札がかかっているはずだが……)

やがて、人が浴衣を脱ぐシルエットが映った。

（えっ……？）

肌色のラインからして、どうやら女性らしい。

（ああ、そうか……淑乃だな。淑乃が来てくれたんだな）

そう思って湯船につかっていると、引き戸が開けられて女が入ってきた。

（えっ……まさか！　どうして？）

長い髪をアップにまとめた、抜けるように白い肌をした女は、川島由季子だった。

（どうして、由季子さんが……？）

圭太郎は驚きつつも、視線をその裸身から離すことができなかった。

スレンダーだが、タオルで隠された乳房はたわわで、くびれたウエストからせりだしている腰も想像以上に立派で、肉感的だった。

見てはいけないと思うものの、どうしても視線を外すことができない。

きっと、目を白黒させていたのだろう、

「すみません。淑乃先生に、先生の背中を流してきなさいと言われて……」

由季子が恥ずかしそうに胸と股間を手で隠しながら、内股になった。

「ああ、そうか……びっくりしたよ。うれしいけど、でも、申し訳ないよ」

「そんなことはありません。わたし自身も、先生にお礼をしたいんです。長い間、お世話になりましたし……よろしいですか？」

「……そりゃあ、うれしいよ。せっかくだから、きみもお湯につかりなさい。寒いよ。風邪を引いてしまう」

「では、お言葉に甘えさせていただきますね」

由季子はカランの前にしゃがみ、片方の膝を立てて、かけ湯をした。

木製の桶に溜めたお湯を肩からかぶると、きめ細かいつるつるの肌をお湯が濡らしていき、肌色がいっそう艶めかしくなった。

右と左の肩にお湯をかけた由季子は、最後にお湯を下腹部にかけて、そこをかるく手で洗う。

片膝を突いて、自分の身体にかけ湯をするその姿勢や、上品な動きをひどくエロチックに感じてしまう。

かけ湯を終えて、由季子はふたたび手とタオルで胸と股間を隠して、「失礼します」と長方形の浴槽に入ってくる。

タオルを浴槽の縁に置きながら、身体を沈める。

圭太郎のいる場所とは反対側に座ったが、お湯は浅めで、かろうじて乳房を隠すほどだ。正面にいるから、ととのったすっきりとした美貌とほっそりした首すじから丸い肩へとつづく曲線がもろに見える。

首が長いせいか、華奢な感じを受ける。しかし、お湯からのぞいている二つの乳房は丸々として大きい。

それにここは無色透明なお湯なので、たわわな乳房の肌色と中心の色づく突起も透けだしてしまっている。

圭太郎の視線を感じたのか、由季子が胸を両手で隠し、

「あまり見ないでください」

上目づかいにこちらを見た。切れ長の目がきらっと光り、圭太郎はその艶めかしさに圧倒されて、

「申し訳ない……」

と謝る。沈黙がつづき、それを埋めようとして、言った。

「今回はツアーに来てくれて、うれしいよ。まさか、川島先生が来てくれるとは……」

「いけませんでしたか？」

「いやいや、その反対だ。すごくうれしかったよ。今日もずっと隣で相手をしてくれて……。きみが十三歳からのつきあいだから、もう十五年になるんだな。その間、あまりきみとは口を利けなかったような気がする」

「そうですよ……わたしはもっと先生と話をしたかったのに、先生はわたしを避けていらっしゃるのかと……」

由季子は肩にお湯をかけながら、じっと圭太郎を見た。鼻筋が通って、目が大きいから、見つめられるとドキドキしてしまう。

「ほんとうはもっと話したかったんだが、きみは美人だから。親しげに話すと、周りの目がね……このスケベオヤジが、鼻の下を長くしてるんじゃないってね」

そう言って、圭太郎は笑う。

由季子は微妙な表情をすると、お湯のなかをしゃがんだまま近づいてきて、圭太郎のすぐ隣に腰をおろした。

お湯から乳房や下腹部の翳りまでもが透けて見えて、圭太郎は目のやり場に困る。

「でも、自分を美人だと思ってないんですよ」

肩にお湯をかけながら、由季子が意外なことを口にした。

「そうか？　謙遜しているだろう？」

「いえ、事実です。周りでそう言う人はいますけど、本人は美人だと思っていないし、プレッシャーになって、逆につらいんです。ほら、この目だって左右が離れすぎているでしょ？　鼻だって必要以上に高いし、唇だって薄すぎるわ。鏡で見ていても、全然やさしさがない冷たすぎる顔だなって、いやになります。わたしなんかより、淑乃先生のほうがよほどきれいですよ。やさしい顔つきで、心のひろさも伝わってくる」

由季子が圭太郎のほうを向いて言う。

「……そう言われても困るけど、客観的に見ればきみは美人だよ。まあ、確かに美人であることは、それだけで大変なことだなとは思うよ。さっき聞いた、きみの悩み事も、美人ならではのことだろうしね……生徒がきみに入れ揚げてしまっているんだろ？」

由季子は小さくうなずく。

「話してごらん」

「それは長くなるので、またあとで、相談に乗っていただけますか？」

「わかった」

「そろそろ、お背中を流したいんですが……」

「ほんとうにいいのか？」

「ええ、もちろん。そのつもりで来ましたから」

圭太郎は立ちあがって、湯船を出る。

出るときに、縁に置いてあったタオルをつかんで、股間を隠す。

すぐあとから、由季子も湯船を出た。

濡れたタオルで胸と下腹部を隠しているが、片方の乳房の頂がのぞいてしまっている。形よくふくらんだ乳房の先に、透きとおるようなピンクの乳首が硬貨大の乳輪からせりだしていた。

（きれいだ……！）

その初々しい乳首は、由季子という清純な女に相応しいものだと感じた。

昂りを押し隠して、檜の椅子に腰かけた。股間のものはタオルをかけて隠している。

その後ろに由季子がしゃがんだ。

由季子は桶に汲んだお湯のなかで、持参したタオルを洗い、そこに石鹸をなすりつけて泡立てる。

カランに鏡がなく、後ろの由季子の姿がはっきりと見えないのがちょっと残念だ。それでも今、由季子は一糸まとわぬ姿なのだと思うと、気持ちも体も昂揚してしまう。

由季子が背中をタオルで擦ってくれる。

石鹸がついているから、ぬるぬるしている。

「先生、長い間、お疲れさまでした。あと少し、頑張ってくださいね」

そう温かい声をかけられて、肩から肩甲骨、さらに背筋に沿って背中をさすられると、こり固まっていたスジがほぐれていき、身も心も安らぐ。

由季子は桶でタオルをすすぎ、また石鹸を塗りつけ、今度は前のほうを洗ってくれる。

胸板や腹をタオルで擦ってくれるのだが、その際、柔らかな肉のしなりを感じた。柔らかくて弾力のあるふくらみを背中に感じる。

下腹部に力が漲るのがわかって、ダメだ、鎮まれ、と必死に分身に言い聞かせる。

だが、泡立つタオルが脇腹から腰、さらに、下腹部のほうにまわり込んできた。

それが本体を迂回して、内腿を這う。

ペニスに近いところを摩擦されて、その刺激が本体へと伝わり、分身がぐんっと頭を擡《もた》げてきた。

股にかけていたタオルが突きあげられる。

(これでは、勃起がばれてしまう!)

鎮まれ、鎮まれと言い聞かせる。しかし、背中に濡れたふくらみが押しつけられ、さらに、股間のものが力を漲らせてきた。

そのとき、タオルをつかむ由季子の手が勃起に触れて、由季子がハッとして、動きを止めた。

「ゴメン……勝手に大きくなった。申し訳ない」

圭太郎は謝る。

「謝る必要はないですよ。大きくしていただいて、うれしいです」

由季子が意外なことを言った。

「そうか?」

「はい……むしろ、先生がお元気なことがわかって、ほっとしました」

「ほっとした?」

「はい……妙な言い方ですが。先生がまだまだ現役だってことがわかって、うれしくなりました」

そう言って、由季子がタオルを放し、いきりたっているものをじかに握ってきたのには驚いた。

「あっ、くっ……！」

「立派だわ」

そう言って、由季子は背後から右手をまわし込むようにして身を寄せながら、屹立をゆったりと握りしごいてくる。

「ああ、くっ……ダメだよ。由季子さんのような清純派がこんなことをしては……」

「わたしは清純派ではありませんよ。もう二十八歳で、結婚もしているんです」

「いや、そうじゃなくて、雰囲気だよ。結婚してからも、きみは清楚だ。清楚というのはその性格から来るもので……あっ、くうぅ」

圭太郎は途中で言葉を切った。

石鹸のついたなめらかな指で肉棹を大きく擦られて、峻烈な快美感が走ったのだ。

「わたし、こんなこともできるんですよ。恩師のおチ×チンを握れるんですよ。

清純でも、清楚でもないんです」

そう言って、由季子はますます強く肉棹をしごいてくる。

「くうぅ……ダメだ。ダメ……くうぅぅ」

いまだに、戸惑いは消えない。由季子のような女がなぜ、という思いが解消されたわけではない。だが、肉棹を握っているのが、清純派の由季子だからこそ、いっそう昂ってしまう。

由季子は背後から乳房を押しつけるようにして、イチモツを握りしごきながら、耳元で囁いた。

「先生、こっちを向いてくださいませんか？」

圭太郎はおずおずと体の向きを変えて、洗い椅子に座り直す。

すでにタオルは外れていて、分身がすごい勢いでいきりたっていた。白髪まじりの陰毛を突いてそそりたつ肉柱が、恥ずかしくも誇らしくもある。

それにちらっと視線を落とした由季子が、桶にお湯を注いで、肩からかけてくれる。圭太郎の体についていた石鹼が流されていく。

そして、目の前には、由季子の一糸まとわぬ裸体があった。

しゃがんでいるので、目の位置にたわわで形のいい乳房がつやつやした光沢を放っていた。

さっきまで温泉につかっていたせいだろう、抜けるように白い乳肌が仄かに赤らみ、その淡いピンクが艶めかしかった。

直線的な上の斜面を下側の充実したふくらみが持ちあげて、やや上についた乳首がツンとせりだしている。しかも、乳輪も乳首も透きとおるようなピンクである。

「きれいな胸だ。形も色もほんとうにきれいだ」

思わず言うと、由季子は一瞬、手で胸のふくらみを隠して、はにかんだ。

それから、桶にお湯を注ぎ、それを圭太郎の下腹部にかけて、残りのお湯を自分の肩にかけた。

すると、いっそう肌の光沢と艶めかしさが増し、圭太郎のイチモツがびくんと頭を振った。

「あっ……!」

圭太郎がそれを隠そうとしたとき、由季子の手が勃起に伸びた。

膝を突いた格好で手を圭太郎の背中にまわし、もう一方の手でいきりたちを握りながら、ゆるゆるとしごいてくる。そして、圭太郎の耳元で、

「……ぁああ、先生……」

喘ぐような吐息をこぼす。

下腹部から快感が立ち昇るのを感じつつ、圭太郎も由季子の裸体に手を伸ばして、引き寄せた。

すると、由季子が目を閉じて唇を寄せてきたので、圭太郎もそれに応えて、唇を重ねる。

自分では唇が薄くていやだと言っていたが、こうして合わせると、充分にふっくらとして柔らかい。

由季子は少し口を開いて、圭太郎の唇や舌を頬張るようにしてキスを交わしながら、いきりたちをおずおずと握って、擦ってくる。

圭太郎もたまらなくなって、由季子の尻たぶをつかんだ。ぎゅうと手のひらで包み込むと、

「んっ……！」

由季子は唇を合わせたままのけぞった。さらに、脇腹をツーッと撫であげると、

「ぁあ……」

唇を離して喘ぎながら、肉棹をぎゅっと握りしめてくる。

自制心が見事に吹き飛んでいた。自分は教師であり、相手は人妻の女教師である。こんなことをしていいはずはない。

しかし、欲望は理性に勝るものらしい。

強い欲求に引きずられるようにして、圭太郎は顔の位置を低くして、目の前の乳房に貪りついた。

お湯に濡れたたわわなふくらみをつかんで揉みあげ、いっそうせりだしてきたピンクの乳首を頬張った。柔らかな肉層と硬くなった突起を感じながら、舌を横揺れさせると、

「はん……はうぅ、先生」

由季子がぎゅっとしがみついてきた。左手で抱きつきながらも、右手は勃起を握りしめている。

ますます昂って、圭太郎は唾液でぬめる突起を上下に舐めた。舌が突起を撥ねあげると、

「ぁああ……感じます」

由季子はのけぞりながら、肉棹を強く握ってくる。

性感を昂らせながらも、決してイチモツを離さない由季子に強烈な欲望を感じ

た。もう一方のふくらみを揉みながら、乳首を上下に舌で撫であげると、

「んっ……んっ……んっ……ぁあうぅぅ」

由季子はがくん、がくんと震えてから、大きくのけぞった。

透きとおるようなピンクの乳首がいっそう硬く、せりだしてきた。その存在感を増した突起を今度は舌で左右に撥ねる。

「ぁああ、先生……先生！」

由季子が肉棹を握りしごいてくる。

「どうした？」

「……これを……その……お口で……」

由季子が勃起をぎゅっと握った。

もちろん、してほしい。由季子のような美人にフェラチオしてほしくない男などいないだろう。しかし、欲望に流されるばかりではなく、ここは、由季子に確認をしておきたい。

「うれしいよ。そうしてほしい……だけど、いいの？　由季子さんにはご主人がいるだろ？」

「……主人は今、故郷の熊本の高校に赴任していて、なかなか逢えないんです」

「正月も逢っていないの?」

「ええ……主人は英語の教師で、英語の発音を学びたいからと正月休みは、ニューヨークに旅行に行きました」

「えっ……ひとりで?」

「はい」

「きみを置いていったの?」

「はい、二人だと旅行代がかさむからと言って、わたしは置いていかれました」

「ひどい男だな。ただでさえ遠距離で、離ればなれになっているんだから、旅行くらい二人で行けばいいのに」

「……先生からそう言ってやってください。でも、彼はそういう人なんです。何でも、ひとりでするのが好きな人で……だから、わたしも好きなことをしようと……いけませんか?」

「いや、いけないことはないが……」

「それに……」

「他にもあるのか?」

「いえ……それは、あとで淑乃先生にうかがってください」

「何だ、気になるな。教えてくれないか？」

由季子はその質問には答えずに、勃起を握って、言った。

「先生、わたし、もう精神的にぎりぎりなんです。いえ、ぎりぎりなのは気持ちだけじゃないんです。先生はわたしを清純派だとおっしゃいますが、性に目覚めた女は清純ではいられないんですよ。ここが疼《うず》くんです」

子宮のあたりをぐっと押さえた。それから、

「……先生、そこに座ってください」

湯船の縁を指す。

圭太郎はどぎまぎしながら、檜の縁に腰をおろして、足をお湯につけた。

すると、由季子も湯船につかり、圭太郎の開いた足の間に身体を入れた。

ぐっと顔を寄せてきた。

いきりたつものを握って、亀頭部の鈴口にちろちろと舌を這わせる。舌を横に揺らしながら、お湯のなかから見あげてくる。

髪は濡れないようにアップにまとめられているから、ととのった顔が丸ごと見える。赤く濡れた舌をいっぱいに出して、薔薇色に染まった亀頭部に舌を這わせながら、真剣な表情で見あげてくる。

やはり、非の打ちどころのない美しい顔立ちをしている。高級なガラス細工のように繊細で、品がある。

その天性の美貌の持主が勃起を舐めながら、にこりともせずにじっと圭太郎を見つめてくるのだ。

至福の瞬間だった。

二人のしていることを正当化しているわけではない。しかし、由季子本人がこうしたいと言うのだから、今は彼女の夫のことを考えなくてもいいのだろう。

由季子がカリを舐めてきた。

雁首の突出部をなめらかな舌が這う。カリをゆっくりと舐めあげられると快感が増してきて、いっそう分身に力が漲るのがわかる。

それから、亀頭冠の真裏の敏感な部分をちろちろと舌であやされ、同時に肉棹を握りしごかれると、得も言われぬ快感が込みあげてきた。

「ああ、由季子さん……気持ちいいよ」

思わず言うと、由季子はようやく笑顔を見せ、唇をひろげながら勃起を包み込んできた。

ゆったりと顔を振りながら、皺袋を指であやしてくる。

その睾丸への愛撫の仕方が絶妙だった。ぞわぞわっとした掻痒感が本体にも流れ込んでいき、それがますます力強さを増してきた。

(上手いじゃないか……)

その巧妙さに驚いた。

いったんストロークをやめて吐き出し、唾液まみれの肉柱の側面を顔を傾けるようにして舐めてくる。

ツーッ、ツーッと舌を走らせ、浅く頬張り、小刻みに顔を振って、カリを柔らかく摩擦してくる。

「くっ……!」

蕩けるような快美感がひろがってきた。

由季子は自分が言うように、清楚なだけの女ではないのだと思った。大人の女としてのテクニックも、セックスへの情熱も持ち合わせているのだ。

夫と離れて暮らしており、しかも、正月休みにも逢えなかったのだから、女としての欲望が満たされていなかったこともあるだろう。

由季子は深く頬張って、チューーッと吸いあげてくる。

繊細な頬が大きく凹み、その状態で顔を振るようにして、肉棹に刺激を与える。

それから、またゆったりと唇をすべらせる。

さらに、根元を握りしごかれながら、顔を素早く打ち振られると、射精前に感じるあの逼迫感がふくらんできた。

「くうぅ……ダメだ。由季子さん、出てしまうよ」

告げると、由季子は勃起から口を離して、

「部屋に行きませんか？」

圭太郎を見あげてくる。大きな目が潤んでいて、ぼぅと上気したような美貌がたまらなかった。

「……いいのか？」

「はい……」

由季子がうなずいたので、圭太郎は立ちあがった。

3

由季子はそのまま自分の部屋には戻らずに、圭太郎の部屋に来た。

すでに髪は解いていて、つやつやしたストレートロングの髪が浴衣の肩や胸にかかっている。

部屋に入って、由季子はケータイを取り出し、『先生に相談に乗っていただくので、遅くなります。先に休んでいてください』と、淑乃に電話を入れた。

圭太郎は電話をかけ終えた由季子を背後から抱きしめ、袢纏を脱がせて、浴衣姿を布団にそっと寝かせる。

真っ白なシーツに仰向けになった由季子は、漆黒の髪を枕に扇状に散らして、その湯上がりの肌艶がいっそう色っぽい。

圭太郎は覆いかぶさるように、唇を重ねていく。

すぐに由季子が応じてきて、圭太郎の舌に貪るように舌をからめてくる。そうしながら、浴衣の背中を撫でさすってくる。

熱気を感じて、圭太郎も唇を合わせ、舌をからめながら、浴衣の上から胸のふくらみをつかんだ。

揉みしだくと、たわわな胸のふくらみが柔らかく押し返してきた。

圭太郎はキスをしながら、由季子の腰にまわっている細い帯を解き、抜き取っていく。

唇を合わせながら、浴衣の前をはだけ、こぼれでてきた乳房をじかにつかんだ。

淑乃よりは控えめだが、充分にたわわでちょうどいい大きさだ。

温泉につかったせいで、しっとりとして温かい乳肌を揉みしだくと、

「んんっ……んんっ……」

由季子は唇を合わせたまま、身体をよじる。

さらに、ふくらみの頂を指でつまんで転がすと、片膝を立てながらも足をもじもじとよじりあわせ、ついには、自ら唇を離して、

「ぁあああ、先生……いいの……いいんです……ああ」

ぐぐっと顎をせりあげる。

圭太郎はキスをおろしていき、あらわになった喉元に舌を這わせ、さらに、鎖骨の窪みをちろちろと舐める。

それから、乳房にしゃぶりついた。

わずかに温泉のお湯の香る肌に舌を這わせ、ピンクの突起を頬張る。そこに舌を走らせると、

「ぁあああ……あああ……先生」

由季子は浴衣のまとわりつく下腹部をそうしないといられないとでも言うように静かにせりあげる。

圭太郎は乳首を舌であやしながら、右手をおろしていく。

ほんとうに柔らかな繊毛の奥に指を伸ばすと、触れただけでそれとわかるほどに濡れていて、中指を渓谷に押しつけた途端に、周囲の肉丘が割れて、ぬるっとした粘膜がまとわりついてきた。

「すごく濡れているね」

思わず言う。

「いやっ……」

由季子が大きく顔をそむけて、手の甲で顔を隠す。

「恥ずかしがることじゃないよ。うれしいよ、こんなに濡らしてくれて……あの由季子さんがこんなになるなんて……」

「大人の身体になったんです」

由季子が頬を赤らめる。

その言葉を聞いていっそう昂り、圭太郎は顔を下へとずらしていく。足の間に体を入れる形で、すらりとした足の膝裏をつかんで押しあげた。

「ぁああ、いやっ……」

恥肉をあらわにされて、由季子が足を内側によじり込む。

膝裏をつかんでさらに大きくひろげると、漆黒の翳りの底に女の証が楚々とした花を咲かせていた。

きれいにととのえられた翳りが細長く伸び、ふっくらとした恥丘があらわになっていた。そして、これも縦に長い蘭の花に似た陰唇がわずかに花開き、濃いピンクの粘膜がのぞいている。

（どピンクじゃないか……乳首がピンクだとここもピンクなんだな）

顔を寄せていき、合わせ目に静かに舌を這わせる。舐めあげると、ぬちゃっと花びらがひろがり、濃いピンクの濡れ溝が舌に張りついてきて、

「あっ……ぁああぅ……！」

由季子は手の甲を口に当てて、大きく顔をのけぞらせる。

その反応の良さにあおられて、圭太郎は狭間を何度も縦に舐める。ぬるぬるっと舌が粘膜をすべっていき、花びらがますます開いて、内部の複雑に入り組んだピンクの粘膜が顔をのぞかせる。

（やはり、由季子さんも女なんだな。メスの本能を持った成熟した女なんだな）

生徒にとっての高嶺の花も、一皮剝けば、遣り場のない性欲を抱えたひとりの女性なのだ。その真実が圭太郎のオスの本能をかきたてる。

笹舟形の媚肉の底に、ぴったりと口を閉ざした膣口がひくひくっとうごめいている。誘われるようにそこに舌を伸ばした。

膣口を舌先でなぞりまわし、かるく吸うと、

「んっ……！　そこ、恥ずかしい……」

由季子が大きく顔をそむけた。しかし、足はひろげたままで身を任せている。

ぐっと姿勢を低くして、H字型の膣口を舌先でちろちろとくすぐると、そこがわずかにひろがって内部から蜜がこぼれた。

膣口の周りを指でなぞる。あふれでた蜜で指がすべり、

「ぁああ、あああ……先生、そこ、ダメ……ダメ……あうぅぅ」

もっと奥のほうにください、とばかりに下腹部がぐぐっ、ぐぐっとせりあがってくる。

圭太郎は期待に応えようと、膣口にしゃぶりついた。

口を強く押しつけて、内部の粘膜を舐める。そうしながら、右手を使って、上方のクリトリスを指でいじる。

クリトリスは控えめで、わずかに顔をのぞかせる程度だ。しかし、あふれでた蜜をなすりつけて、肉芽をまわすように揉むと、肉芽がそれとわかるほどに硬く

しこってきて、

「んんんっ……んんんっ……」

由季子はのけぞりながら、足を硬直させる。

圭太郎がさらに、クリトリスを舌であやしながら、膣口の浅瀬を指先で押し広げるようにしてまわすうちに、由季子の気配がさしせまってきた。

「ぁああ、ああ……先生、ダメ……ダメ、ダメ、ダメ……ぁああぁ、ああああああ……くっ、くっ……！」

大きくのけぞりながら、両手でシーツを握りしめた。

圭太郎はそこで左手を胸に伸ばして、ふくらみを揉んだ。

性感が昂って汗ばんできた乳肌をやわやわと揉みながら、クリトリスを舌で攻め、膣口を指でいじる。

（ああ、俺は根っからのスケベなんだな）

ふとそう思う。長い間、セックスからは遠ざかっていた。そんな自分が三箇所攻めをしていることが不思議でならない。

陰核をチューッと吸うと、

「ぁあああ……！」

由季子が嬌声をあげてのけぞり、口を離すと、がくん、がくんと躍りあがる。同時にまた舌で陰核を転がしながら、それと同じリズムで乳首を捏ねまわす。

膣の浅瀬を指でひろげていく。

「ああ、もう、もう……先生、して。してください」

由季子が今にも泣きださんばかりに眉を八の字に折って、哀願してきた。

圭太郎は顔をあげて、浴衣を脱ぎ、さらに由季子の浴衣も毟りとった。

一糸まとわぬ由季子のバランスの取れた裸体に圧倒されつつも、膝をすくいあげた。

信じられないほどの角度でいきりたつものの先で濡れ溝をさぐり、慎重に腰を進めていく。

屹立が沼地に落ち込んで、嵌まり込んでいく確かな感触があって、

「ぁああ……！」

由季子が上体をのけぞらせた。

「くっ……！」

奥まで挿入して、圭太郎も唸っていた。

由季子の膣は内部から熱せられているかのように温かかった。そして、締まり

がいい。

挿入しただけで、ぎゅ、ぎゅっと粘膜がホールドしてきて、しかも、内側へと引き込もうとする。

(ああ、これは……!)

それほど多くの女性と寝てきたわけではない。しかし、この女性器はなかでも最上級のもののような気がする。

このさえざえとした美貌と知性、そして肉体――。

(天は二物も三物も与えたか……!)

こんな才色兼備な女性を放っておく夫の気持ちがわからない。

少しでも動けば、すぐにも射精してしまいそうで、圭太郎は足を放して、覆いかぶさっていく。

肘を突いて体重を支え、顔にかかっている乱れ髪をかきあげてやり、じっと上から見る。

由季子は恥ずかしそうに目を伏せたが、すぐに見あげて視線を合わせる。

その状態で腰を躍らせると、屹立が体内をえぐっていき、膣襞がざわめきながらからみついてきて、

「……あっ……あっ……」

由季子は声をあげながら、じっと圭太郎を見あげつづける。

強く腰をつかうと、由季子の大きな目に快楽の色が浮かび、ふっと瞼がおりて、

「ぁあうぅぅ……!」

繊細な顎がせりあがった。

真っ白な喉元があらわになって、その首すじにキスをする。

ちゅっ、ちゅっと接吻し、のけぞった喉元を舐めあげていき、そのまま唇を奪った。

すると、由季子も自分から唇を合わせて、舌をからめてくる。

濃厚なキスでお互いの口腔をまさぐりながら、圭太郎は腰をつかう。ゆるやかに波打たせると、由季子はすらりとした足をM字に開き、勃起を深いところに導き入れて、

「んんっ……んんっ……」

くぐもった声を洩らしながらも、唇を押しつけ、両手で圭太郎の体を抱き寄せる。

二人がひとつになったようだ。

圭太郎は至福を覚えながら、舌を躍らせ、下半身も躍らせる。ぐちゅぐちゅと結合部分が音を立て、膣肉が波打ちながら侵入者にからみついてくる。

一瞬、圭太郎の脳裏に遠い記憶がよみがえった。

それは、由季子が卒業式に代表で挨拶をしたときの映像で、はきはきとした口調と紺色に白のセーラーカラーの可憐なセーラー服が浮かんできた。

(信じられない……あの川島由季子が今、俺の腹の下で身悶えをしている。女の声をあげている)

圭太郎は顔をあげて、もう一度じっと由季子を見ながら、腕立て伏せの形で打ち込んでいく。

「あんっ……あんっ……あんっ……」

由季子は喘ぎを抑えようと、手の甲を口に添えているが、愛らしさと艶めかしさが混ざった声と、右の腋の下があらわになったそのしどけない格好が、圭太郎をいっそう昂らせる。

ふと思いついて、圭太郎は打ち込みながら、その前に動く勢いを利用して、右の腋の下から二の腕にかけて舐めあげていく。

屹立を深いところに届かせながら、あらわになった腋窩から二の腕の裏側に舌を走らせると、

「あっ、やっ……」

由季子がその腕を絞って、腋を隠そうとする。

圭太郎はその腕をつかんで頭上に押しつけ、さらされた腋の下から二の腕にかけて、ツーッ、ツーッと何度も舐めあげる。

由季子は必死に抗っていたが、やがて、腕の力が抜けて、されるがままになり、

「……あっ……あっ……」

と、快感の声を洩らした。

(ああ、感じてくれている……！)

圭太郎は手応えを感じ、さらにつづける。

えぐり込みながら、体が前に動くその動作を利用して、腋の下から二の腕にかけて舌を這わせる。

「ぁああ……あああ……先生、恥ずかしい……恥ずかし……ぁあうぅぅ！」

由季子がぐーんと顔をのけぞらせた。

「気持ちいいんだね？」

わかっていて訊く。

「はい、気持ちいいです……恥ずかしいし、くすぐったいけど、気持ちいい……天国で愛撫されているようです」

由季子が答える。

圭太郎は動きを止めて、腋窩を舐める。

処理されてつるつるの腋窩を集中的に舌であやすと、由季子はすらりとした足を圭太郎の腰にからめ、引き寄せるようにして、ぐいぐいと結合部分を擦りつけてくる。

その女の本能を丸出しにした行為が、圭太郎をいっそう昂らせる。

いったん上体を立て、開いた膝の両側に手を突いて、のしかかるようにして腰をつかう。

上から差し込まれた屹立がぐさっ、ぐさっと膣に食い込んでいき、

「ぁああ、これ……くっ、くっ……あああ、奥に、奥に当たってる……ぁああ、ああ、先生、もうダメっ……」

由季子が伸ばした両腕をつかんで、しがみつきながら、圭太郎を見あげてくる。

ストレートロングの黒髪が乱れ散り、ととのった顔が今は快楽の到来でゆがん

でいる。

ダメというのは、本心ではなく、感じすぎてついつい口を衝いてあふれてしまった言葉だろう。

あがっている足の両側から手を差し伸べて、由季子の両手をつかんだ。肘のあたりに指を食い込ませて、強く自分のほうに引く。

その状態で腰を打ち据えると、ストロークの力が逃げないからいっそう強烈に感じるのだろう、

「ぁあああ……これ……すごい、すごい……あんっ、あんっ、あんっ……」

打ち据えるたびに乳房を揺らして、由季子は甲高い喘ぎをスタッカートさせる。

両手をつかまれて引っ張られて、密着感が増し、打ち込みの衝撃がダイレクトに響くのだ。

「ああああ、ああ……くっ、くっ……」

由季子は足を持ちあげられ、両手を前に伸ばされた格好で、顎をせりあげる。

4

もっと、もっと由季子を悦ばせたかった。

由季子には夫がいる。今回はたまたま条件が揃っただけで、今後はそうそう由季子を抱けるとは思えない。だったら、今この瞬間にすべて出し尽くしたい。

圭太郎は腕を放し、由季子の腰に両手を添えて、

「持ちあげるよ」

そう言いながら、背中と尻の境目にまわした手で女体を引きあげる。すると途中から自分で起きあがってきた由季子が、ぎゅっとしがみついてきた。

圭太郎は胡座《あぐら》をかいて、その上に由季子が座っている。

対面座位である。昔からなぜかこの体位が好きだった。

どうやら、好みというのは歳をとっても、変わらないものらしい。

淑乃とはセックスすること自体に夢中で、体位も考える暇もなかったが、今は、次はこうしよう、ああしようと考える余裕のようなものが出てきた。

これも、淑乃のお蔭である。

自分が淑乃の敷いたレールの上を走っているような気もするが、それはそれでいいのではないだろうか。

顔を見合わせた由季子がはにかんで、目を伏せた。それから、顔を寄せてキスをせがんでくる。

圭太郎は若い頃はこんなにキスはしなかった。

最近はテレビや映画を見ていても、やたらキスが多い。これも、日本人のセックスが欧米化していることの証だろうか？

ふっくらとして濡れた唇を吸っていると、由季子が腰を振りはじめた。

上の口で繋がりながら、下の口でも咥え込んだシンボルを腰を振ってかわいがってくる。

(こんなこともできるんだな……)

清楚な中学生も大人になれば、淫らな女に変わる。いや、淫らなのではなく、これが女の本能なのだ。貪欲であることは悪いことではない。むしろ、生き方の基本だろう。

圭太郎も昔取った杵柄というやつで、徐々にやり方を思い出していた。

唇を合わせながら、腰に手をまわして、その動きを助けてやる。

由季子の前後の腰振りが徐々に激しくなって、ぐいんぐいんと腰をまわす。その間も、唇を押しつけ、舌をねっとりとからませてくる。

(ああ、たまらない……)

由季子がキスをやめて、激しく腰を前後左右に打ち振っては、

「ああ、恥ずかしい……先生にこんなところを見られて……」

そう言って、目を伏せる。

「そんなことはないよ。きみも女になったんだなと、感慨深いよ。あの清楚な由季子さんがね」

「いやっ、もう、昔のことは言わないで」

由季子が大きな目でキュートににらみつけてきた。

「悪かったね。もう言わないよ……」

そう言って、圭太郎は目の前の乳房に貪りついた。

乳首がツンとせりだした形のいい乳房を口に含み、先端をチューッと吸うと、

「ぁあああぁぁぁ……くっ!」

由季子がのけぞりながら、肩をつかむ指に力を込める。

吐き出して、硬くせりだしている乳首を舌であやし、転がす。そうしながらも

う片方の乳房を揉みしだくと、

「んんっ……んんんっ……ぁあああ、先生、気持ちいい。先生とすると、どうしてこんなに気持ちいいの？　ぁあああ、恥ずかしい……腰が動く」

羞恥を見せながらも、由季子は腰を激しく前後に振って、濡れ溝を擦りつけてくる。いきりたって、教え子の体内に深々と突き刺さった肉棹が前後に揉み抜かれて、根元から振れる。

湧きあがる快感をこらえながら、圭太郎は胡座に組んでいた膝を開閉させる。すると、その上に尻を乗せた由季子の身体も上下に揺れて、

「ぁああ、ああああああ、くうぅ……感じる。先生のが由季子のなかにいる。ぁあああ、いっぱいいる。ぁあああ、あああ……」

由季子はひしと圭太郎にしがみつきながら、悩ましい声をあげる。

自分はこんなに女を悦ばせている。教え子の美人教師をよがらせている。

ふたたび自信のようなものが漲ってきた。

淑乃を抱くまでは、退職というゴールテープを切ることが精一杯でふらふらしていたのに、今は気持ちが違ってきた。

（俺はもっとやれるんじゃないか）

そんな充実感に満たされて、圭太郎は膝を上下させながら、由季子の腰をつかんで動きを助ける。

「ぁあああ、ああ……先生、イキそう……」

由季子が耳元で訴えてくる。

「自分で動くか?」

訊ねると、ややあって、由季子がうなずいた。

ならばと、圭太郎は後ろに倒れて、仰向きに寝る。

すると、由季子は頼るものがなくなって不安そうな顔をしたが、やがて、自分から腰を振りはじめた。

圭太郎の下腹部にぺたんと座り、両手を胸板に突いて、腰から下を前後に打ち振っては、

「ああ……ああ……くっ……くっ」

奥歯を食いしばって、顎をせりあげる。

だが、腰は動きつづける。

長いストレートヘアが顔をなかば隠し、肩や乳房に枝垂れかかっている。腰を振るたびに、たわわな美乳を黒髪がさらさらとすべり、時々見える薄いピンクの

乳首が色っぽかった。

根元まで呑み込まれた屹立が肉路に包まれて、揉み込まれ、切っ先が奥のほうを捏ねているのがわかる。

もっと、由季子の淫らな姿を見たくなった。

圭太郎は下から両手を出して、由季子に指を組ませる。

「すまないが、腰を縦に振ってくれないか?」

言うと、由季子はためらっていたが、やがて、腰を上下に振りはじめた。

指を組み合わせた両手で圭太郎の手をぎゅっと握り、前に体重をかけながら、尻を振りあげ、振りおろす。

「おおぅ、くっ……!」

圭太郎は歯を食いしばって、快感が爆発しそうになるのをこらえた。

「あっ、あっ、あっ……」

由季子は腹の上で弾みながら、声を放つ。

枝垂れ落ちる髪を揺らせ、眉根を寄せて、今にも泣きだしそうな顔を見せる。

加速度がついたのか、腰振りが徐々に速く、激しくなり、

ペタン、ペタン——。

餅搗きのような音がして、

「あっ、あっ、あっ……ぁあああ、先生……イクわ。イキそう……先生！」

由季子が泣き顔を見せる。

圭太郎も限界を迎えようとしていた。

手を放して、由季子を前にしゃがませ、背中に手をまわして、引き寄せる。折り重なる形で、下から突きあげた。

疲労を感じながらもいまだいきりたっている肉の塔が、斜め上方に向かって膣肉を擦りあげていき、

「ああ、これ……あん、あん、ああんっ……」

由季子がぎゅっとしがみついてきた。

「行くぞ。出すぞ」

「ぁああ、先生、由季子も、由季子もイク……ぁあああ、突いて。由季子を思い切り突いて……ぁああ、それ！　あん、あんっ、ぁあああんん」

由季子の声がワンオクターブさがって、低い喘ぎになり、その腹の底から搾り出されるような獣染みた声がひどく刺激的だった。

「ああ、由季子……！」

呼び捨てにして、猛烈に突きあげる。

「あん、あんっ、あんんっ……ぁあああ、イク、イクわ」

「いいんだぞ。そうら、イキなさい」

腰を持ちあげるようにして、窮屈な肉の道をつづけざまに突きあげた。肉と肉がぶつかる音がして、圭太郎も急速に追い込まれた。熱いものが下腹部にひろがって、それが我慢できない大きさにふくれあがった。

「おおぅ、行くぞ」

「あん、あんっ、あんっ……ぁあああああ、イキます……イク、イク、イッちゃう……ぁあああ、来るぅ……はうっ！」

由季子が顔をせりあげて、がくん、がくんと躍りあがった。

気を遣るのを見届けて、もうひと突きしたとき、圭太郎も熱いしぶきを放っていた。


どのくらいの時間が経過したのだろう、圭太郎がぐったりしていると、

「喉が渇いているでしょ？　水を飲んでください……」

そう言って、由季子がミネラルウォーターを口に含み、そのまま、覆いかぶ

さってキスをしてきた。

そして、少しずつ落ちてくる冷たい水を、こくっ、こくっと嚥下する。

命の水とはこのことを言うのだろう。

喉ばかりか、体中が潤っていく。

由季子は口移しがとても上手かった。水がこぼれないように慎重に口を合わせて、残りを流し込む。

それから、身体を寄せてきたので、圭太郎はとっさに左腕を伸ばして、腕枕をする。

由季子は肩と胸の中間地点に顔を乗せて、ぴたりとくっついてくる。

性欲がおさまると、由季子の相談にいまだ乗っていないことに気づいた。

「例の相談事だけど、ほんとうはこんなピロートークで語ることじゃないかもしれないが……生徒がきみに入れ揚げているんだろ？」

切り出すと、由季子がうなずいた。

「優秀で、成績もいいし、リーダーシップのある生徒なんです。とても影響力のある子なので、対処が難しくて……」

由季子が胸板を撫でながら言う。

「その生徒を冷たく突き放すと、逆ギレしてきそうだな。優秀な子ほど、プライドが高くて、きみが自分を受け入れてくれないことが認められないだろうから、他の生徒も巻き込みかねない」

「そうだと思います」

「困ったね……だけど、卒業まであと数カ月だろう。どうにかして、距離を保つしかないね。来るとしたら、卒業のときだろうが……どうしようもなくなったら、連絡をしてくれ。飛んでいくから」

「ありがとうございます。そう言っていただけるだけで、気持ちが楽になります」

「悪いね、解決策を示せなくて……」

「いいんです。誰にも言えなくて、ひとりで悩んでいたので、先生に相談できてよかった」

艶めかしい目で見あげて、由季子は半身を持ちあげて、圭太郎の胸板にキスをする。

垂れ落ちる黒髪をかきあげながら、ちゅ、ちゅっと唇を押しつけ、胸板をなぞり、頬擦りしてくる。

「とてもうれしいし、できればもっと一緒にいたいけど、そろそろ部屋に戻ったほうがいいんじゃないか？」

圭太郎は他の二人のことを考えて言う。

「もう少しだけ……あと五分だけ」

黒髪をかきあげながら言って、由季子はまた頬擦りしてきた。

第四章　露天風呂の裸体

1

翌日、四人は五能線《ごのう》に乗って、今日の目的地の黄金崎不老ふ死温泉に向かっていた。

宿で朝食を摂ってから田沢湖を出て、秋田新幹線で秋田まで行き、そこからJRで東能代まで行き、東能代からJR五能線に乗り換えて、艫作《へなし》で降りる。温泉は徒歩十五分のところにある。

四人が乗っているのは普通列車で、東能代から艫作までは一時間半ほどかかる。淑乃によれば、特急も走っているのだが、あえて鈍行を選んだのだと言う。

なぜなら、車窓から見える景色が抜群に美しいからだ。

能代線と五所川原線が繋がってできた五能線は、一時期、廃線も考慮されていたが、その危機を救ったのは、この車窓から見える海岸線の絶景だったと言う。

現在も全国のローカル鉄道ファンの人気の的であり、旅行会社がこのへんのツアーを組む際には必ず五能線乗車を入れると聞く。

二両編成の短い電車だが、今日は連休の一日ということもあって、観光客が多いようで、ツアー客らしき男女が車窓からの景色をスマホにおさめたりしている。

そして、一行はボックスシートに向かい合う形で座り、秋田で購入した弁当を膝の上に載せて頰張りながら、車窓からの景色を愉しんでいる。

雪はやんでいたが、海岸や所々にある黒々とした奇岩の頂上には白い雪が残っていた。

どんよりとした灰色の雲が低く垂れ込めていて、その隙間から太陽の光が洩れ、海面に降り注ぎ、きれいというよりも神秘的な感じがした。

そして、一日毎に圭太郎の世話係を替えるという決まりどおり、圭太郎の隣には山口瑞希が座っていた。

まだ二十三歳の自分の娘ほどの若い女教師に世話を焼かれるのは妙な感じだが、

悪い気はしない。

それに、瑞希は膝上二十センチほどのミニスカートを穿いて、巨乳と言ってもいいたわわな胸の形がそのまま浮きでるようなニットを着ていて、何かの拍子に胸のふくらみが腕に触れ、圭太郎はドギマギしてしまう。

そんな様子を見て、向かいの席の淑乃はにやにやしている。

その隣では由季子が弁当を食べながら、景色を眺めているのだが、時々、圭太郎と目が合うと、はにかんで目を伏せる。

昨夜のことを思い出しているのだろう。

圭太郎も、由季子の想定外に情熱的な閨《ねや》の行為が思い浮かんで、下半身のざわめきを抑えられない。

他の二人が、圭太郎と由季子の情事に気づいているかどうか気になった。

しかし、二人はいっさいその件に関しては触れないし、態度も変わらないので、次第に気にならなくなった。

「先生、前に栗きんとんが好きだって、おっしゃっていましたよね？」

瑞希が隣からぱっちりとした目を向ける。眉の上でまっすぐに切り揃えられたボブヘアのすぐ下で、大きな目がきらきらしている。

「ああ、好きだよ」

「じゃあ、わたしの栗きんとんあげます。わたし、好きじゃないんで」

「あんな美味しいものが嫌いなのか？」

「ええ……太っちゃうし」

瑞希は体重増加を気にして、節制に務めているのはこれまでの旅の行程でわかっていた。

圭太郎に言わせれば、瑞希は確かに全体にぽっちゃりしているが、ちょうどいい感じで、これでダイエットしようという気持ちがわからない。

「そうか？　全然太ってないと思うけどな」

「もう……そうやって、わたしの気持ちを乱すんだから。いいから、あげます……アーンして」

瑞希が栗きんとんを箸でつかんだ。

「いや、いいよ」

そう言って、圭太郎は前を見る。二人は微笑んでいる。

「みんなの目は気にしなくていいですよ。ほら、早く。いつまでわたしにこうさせておくつもりですか？」

瑞希がせかしてくる。

淑乃がうなずいたので、圭太郎はしょうがなしに口を開ける。

瑞希が箸でつかんだ栗きんとんを口に入れてくるので、それを頬張った。

美味しい。

サツマイモが品のいい甘さを伝えてくる。ガブリと噛むと、栗が割れて、栗特有の味が口にひろがり、サイマイモとのバランスがちょうどいい。

「うん、美味しいよ」

思わず言うと、瑞希が、ほらね、という顔をした。

「まあ、二人アツアツだわね。じゃあ、わたしたちはお邪魔にならないようにするわね。まだ到着まで三十分以上かかるから、それまで二人で愉しんでね」

淑乃がそう言って、二人がけシートをまわし、前向きにした。

「おい……！」

二人の姿が見えなくなって、圭太郎は大いに戸惑った。

淑乃や由季子ならいい。だが、瑞希となると歳が離れすぎていて、何を話していいのかわからない。

きっと、そんな思いが顔に出たのだろう。

瑞希が顔を寄せて、耳元で囁いた。

「先生、緊張なさってる。リラックスしてくださいよ」

そう言って、用意してあったブランケットをひろげて、二人の膝にかけた。

いったいどこで調達してきたのだろう、大きくて厚いブランケットで、二人の膝がすっぽりと覆われてしまった。

そのブランケットの下で、瑞希の手が伸びてきて、太腿をズボン越しにさすってくる。

「……おい？」

圭太郎は周囲を見まわす。

添乗員が旗を持った二十名ほどのツアーの一行がいたが、幸いにして彼らは前の車両にいる。この車両には自分たち以外には数名の客しかおらず、みんな外の風景に夢中になっているから、こちらを見ている者はいない。

しかし、だからと言って、真っ昼間にこんな若い女教師に公共の場であそこを触ってもらっていいものか？　だいたい、すぐ前には肉体関係を持った二人が座っているのだ。

「やめなさい。気づかれる」

耳元で言い聞かせる。

「前の二人なら大丈夫ですよ」

「えっ……？」

「だって、先生、二人としたでしょ？」

瑞希が耳元で囁く。

「……！」

ぎくりとして、瑞希を見る。

「ふふっ……聞きましたよ」

圭太郎は唖然として、言葉を失った。

親しい女性同士は何でも話すから、秘密などは存在しない。それは長年教師をやって、多くの女子と接していてある程度はわかっていたつもりだった。

しかし、まさか、ここまでとは……。

「今日はわたしが当番だから、いいんです」

瑞希が圭太郎の右手をつかんで、ブランケットのなかへと導いた。

行きの夜行バスと同じだった。

こんなことをしてはいけない、とは思うものの、あのときの快感が刷り込まれてしまったのか、瑞希の短いスカートのなかに手を持っていかれると、それだけで、股間のものが反応した。

「いいんですよ、触って……やっぱり、旅の愉しみって道中ですよね。恋人同士が乗り物で他人の目を気にしながらもいちゃいちゃするのって、最高のシチュエーションですよね」

瑞希が耳元で囁いて、圭太郎の手をさらに太腿の奥へと導いた。

瑞希は黄色のカラータイツを穿いていた。タイツに包まれたむっちりとした内腿を感じながらも、圭太郎は言う。

「そのとおりだと思うけど……私たちは恋人じゃないだろ？」

「もう……先生、やっぱり瑞希のこと嫌いなんだわ。だって、あの二人とは全然態度が違うもの」

瑞希が不貞腐れたように、そっぽを向いた。

「いや、そうじゃないよ。瑞希のことは前から、明るくてステキな子だと思ってたよ。今もね」

「そうですか？」

「そうだって……」

八年前、圭太郎は瑞希が中学三年のときの担任教師だった。

背が低いながら、バスケットボールの中心選手で、圭太郎も何試合か見たことがあるが、瑞希はとにかく明るくて、よく声が出るムードメーカーだった。

夏が終わって、高校入試に専心する時期になっても、瑞希はよく部活に出て、後輩の指導をしていた。

全然、受験勉強をしないので、『今は勉強をする時期だ。バスケットに夢中になるのは、高校に入ってからでも遅くはない』ときつく注意をしたことがある。

そのときはむっとしていたが、その後、受験勉強にも精を出して、どうにか志望高校に合格した。

合格発表があった日には、職員室に来てくれ、圭太郎に向かって、

『志望校に合格できたのも、先生のお蔭です。ありがとうございました』

深々と頭をさげた。

そのときの可憐さは今も忘れない。

当時から、将来の希望は学校の先生になって、バスケットを生徒に教えることだと言っていた。

今も小学校の教師として、時々、子供たちにバスケットを教えながら、充実し

た生活を送っていると聞く。

圭太郎はそんな瑞希を人間として好きだった。ただ、あまりにも明るく、元気すぎて、女性としては意識していない。きっとそのへんが、瑞希に、先生はつれないと感じさせてしまう一因なのだろう。

内腿に手を添えて、じっとしていると、瑞希が耳元で言った。

「わたしのこと、まだガキだと思ってるんでしょ？　でも、違いますよ。わたしもう何人も男を知ってるんですから」

「おい……！」

圭太郎はあわてて、左手の人差し指を口の前に立てて、シーツをしながら周囲を見まわす。

どうやら、聞こえた者はいなさそうだ。聞こえたとしたら、前のシートに座っている淑乃と由季子だろうが……。

いまだ愛撫をはじめない圭太郎に焦れたのか、瑞希がブランケットのなかに入れた手で、圭太郎の股間をさすりはじめた。

内腿をゆっくりと撫であげ、ズボンの股間をこちょこちょとくすぐるように刺激してくる。さらに、全体をさすられ、亀頭部を指腹で円を描くようにさわさわされると、不覚にも分身が力を漲らせてきた。

想像していた以上に、触り方が巧妙だ。

(やはり、自分で言ってたように、男の体をよく知っているんだろうな)

明らかに勃起してきた肉棹をズボン越しに握られて、ぎゅっ、ぎゅっとしごかれると、またまた分身がいきりたった。

すると勃起を感じたのか、瑞希が小鼻をうごめかした。

「ほらね、大きくなってきた」

「……いや、これはだな……」

「シーッ……!」

今度は逆に、瑞希が口の前に指を立てた。

ふたたび圭太郎の右手をつかんで、ぐっと奥のほうに引っ張り込む。レオタードに包まれた左右のむっちりとした太腿で手首を締めつけ、よじり合わせながら、耳元で誘ってくる。

「触ってください」

圭太郎は迷ったが、いまだに勃起はおさまらず、その怒張感が圭太郎をせきたててくる。

心を決めて、右手の指をおずおずと伸ばしていく。ストッキングより厚いタイツの感触があって、指が恥肉に触れたのか、

「くっ……！」

瑞希が一瞬足を締めて、顔をのけぞらせた。

そのままじっとしていると、太腿の力が抜けてひろがっていく。隙間ができて、中指を縦に走らせた。

タイツ越しに、しなりながら沈み込む感触があって、

「んっ……んっ……」

瑞希は洩れかかる声を、圭太郎の肩に顔を埋めて封じ込む。それでも、圭太郎が指を上下に這わせるうちに、そこの柔らかみが増して、瑞希の足がひろがっていった。

ついには直角ほどに足を開いて、もっとしてとばかりに大胆に下腹部を突きだしてくる。

（すごく感じるじゃないか……！）

予想外の反応に驚きながらも、これは瑞希に対する考え方を変えなければと思った。もう二十三歳で社会に出ているのだから、身体が開発されているのは不

思議ではない。こんなにキュートなのだから、男にはモテるはずだ。

圭太郎は周囲を警戒しながら、右手の中指で溝を引っ掻くように縦に擦る。

中指が上方の突起に触れると、

「んっ……!」

びくっとした。

やはりクリトリスが強い性感帯なのだろう。

ブランケットが波打って、他の者が見たら、明らかにおかしいと思うはずだ。

しかし、こちらに注目している客はいない。みんな、車窓から見える冬の日本海の絶景に夢中なのだ。

指を動かすうちに、瑞希の反応がさしせまったものになった。

足をひろげて、ぐいぐいと恥丘を擦りつけながら、手のひらで口を覆って、洩れそうになる声を必死にこらえている。

もう少しで気を遣るのではないかというときに、停車駅のアナウンスがあって、電車がスピードを落とした。駅に停車するのだ。

圭太郎があわててブランケットから手を抜くと、しばらくして電車が止まった。

このへんの駅の多くは無人駅で、ほとんど降りる者も乗る者もいない。

やがて、電車がゆっくりと走りだすと、瑞希がまた圭太郎の手をつかんで、ブランケットのなかに導いた。

今度はタイツの上端から手を入れさせる。

タイツの強い圧迫を感じながらもパンティの下に指をすべり込ませると、ほんとうに柔らかな毛叢の奥に、そぼ濡れた花芯が息づいていていた。

肉のガクが割れて、ぬるっとしたものがまとわりついてきた。そこを指でなぞると、とろとろした粘膜がすべって、

「んっ……んっ……」

瑞希は手のひらで口を押さえながら、しなだれかかってくる。

圭太郎は神経を指先に集めて、慎重に濡れ溝をなぞった。

そうしながら、他人に悟られないよう顔は窓のほうに向けている。

車窓からはガラスを通して、冬の日本海が見える。

荒い波が白い波頭を立てて、岸に押し寄せている。

それを、厚い雲の隙間を見つけて差し込んできた、いく筋かの日光が照らして、まるで神の降誕を眺めているかのようだ。

そんな神秘的な光景を眺めながら、圭太郎の指はねっとりとした女の粘膜に包

まれている。

中指で潤みの上方にある突起をくすぐってやると、瑞希の様子がいよいよ逼迫してきた。

「……イッちゃう……」

耳元で小声で訴え、腕にぎゅっとしがみついてくる。

圭太郎が指先で陰核を小刻みに叩くと、瑞希が震えだした。さらに、中指で突起を捏ねたとき、

「うっ……！」

瑞希はのけぞり返り、それから、ぐったりと凭れかかってきた。

2

黄金崎不老ふ死温泉に到着した一行は、少し休んで、夕食の前に海辺の露天風呂に向かった。

海岸沿いにある名物温泉は、本館から離れたところにあり、そこまで吹きっさらしの道を歩いていかなければいけない。

厳しい道のりを乗り越えて初めて、幸福がつかめるという象徴だろうか。

板の囲いはあるが、脱衣所も脱いだ服を置く場所もないから、脱衣籠を持っていかなければならないと言う。圭太郎も三人も脱衣籠を抱えて、寒風吹きすさぶなかを速歩で露天風呂に向かう。

白い雪がいたるところに残った海岸線の一角に、掘っ建て小屋のような露天風呂が設けられていて、その向こうに灰色がかった日本海がひろがっている。

夕方に向かうにつれて風が強くなって、荒波が白いしぶきをあげながら押し寄せてきている。

露天風呂の近くには、やけに黒い奇岩と言っていいほどの様々な形をした岩がいくつもあって、そこに当たった波が白いしぶきを立てている。

ちょうどサンセットの時間がせまっていて、西の空にかかった厚い雲を茜色の夕陽が照らして、まるで西の空が燃えているようだ。

「寒い！　無理！」

瑞希が悲鳴に近い声をあげ、

「我慢しなさい。お湯につかれば温かくなるから」

淑乃が説得する。

袢纏をはおった由季子は、強風で浴衣の裾が乱れ、はだけるのを必死に手で押さえている。それでも、風を孕ませた浴衣の裾がめくれあがって、白い太腿が見えてしまっている。

四人はどうにか掘っ建て小屋まで到着する。

露天風呂は混浴と女性用に分かれていて、混浴は大きいが、女性風呂は狭い。

淑乃は混浴風呂をちらりと覗いて、

「人がいないわね。そうよね。こんな寒さじゃ、凍えちゃうもの……ラッキーだわ。四人で入りましょうよ……先生もそれでいいでしょ？」

「……そ、そうだな。きみたちがよければ。記念になるしね……だけど、混浴だから、あとで見ず知らずの男が入ってくるかもしれないが……」

「平気よ。だって、ここのお湯、茶色に濁ってて、なかが見えないんでしょ？」

瑞希が言う。

「じゃあ、そうしましょうか。先生、一緒に脱ぎますよ」

きちんとした脱衣所がないので、入口から少し入った洗い場で、服を脱いで、裸になる。

他の三人も脱いだ袢纏や浴衣を脱衣籠に畳んで入れる。

まっ先に裸になったのは瑞希で、

「きゃあ、寒い！　凍える！」

タオルも持たないで、胸のふくらみも隠さず、すぐに岩風呂に足からつかる。

一瞬見えた乳房は大きく、おそらくFカップはあっただろう。

その後から、一糸まとわぬ姿になった淑乃と由季子が、胸と下腹部をタオルで隠しながら湯船に裸体を沈め、圭太郎もその後につづく。

ここは鉄分の混ざった塩化物強塩泉で、なかにタオルを入れると鉄分が沁み込んで錆色がついてしまうらしい。実際、お湯は黄土色に濁っていて、いったん体を沈めると、自分の体さえ見えない。

混浴の湯船は瓢箪形をした広々としたもので、そこに急いで入ると、

「先生、こっち、こっち……サンセットが見えるわよ」

淑乃が手招く。

今のままでは、夕陽に背を向ける形でよく見えない。なるほどと、圭太郎はお湯のなかを腰を屈めたまま移動していき、淑乃と由季子の間に座った。

それを見た瑞希が露骨にむっとしたような顔をした。

（ああ、そうか……今日は瑞希が当番なんだから、瑞希の隣に行ったほうがよ

かったか）

そう後悔したが、今さら場所を移動するのも不自然だ。

「きれいだわ。きっと、あそこには極楽浄土があるのね」

淑乃が茜色に染まっている西の空を眺めて、目を細める。

「そうですね。わたしたちもあそこに行けるといいですね……」

由季子も夕陽を見る。

二人の美女が美しい横顔を見せて、西の空を眺めている。

その二人に囲まれて、圭太郎も同じようにサンセットを鑑賞する。

橙色の夕陽が重く垂れ込めた灰色の雲を下から照らして、灰色の底が燃えているようだ。

雲の間からわずかに顔を出した夕陽が急速に水平線の彼方に沈んでいく。

そのとき、太腿に何かが触れるのを感じて、圭太郎はハッと体をこわばらせた。

左隣の淑乃がお湯のなかで右手を伸ばしているのだ。

濁り湯で、お湯のなかは見えない。それをいいことに、淑乃は右手を内腿にまわし込み、さらには、股間のものを慎重に指だけであやしてくる。

（うっ……！）

ちらりと隣の二人を見たが、由季子も瑞希も神秘的なサンセットに見とれている。

ゆるゆると撫でられるうちに、分身が力を漲らせた。

すると、いきりたった肉柱を淑乃がしごいてきた。

お湯が波打たないようにゆっくりと握りしごく。上下動を止めて、強弱をつけて握ってくる。そうしながら、淑乃は我れ関せずという様子で西の空を眺めている。

気持ち良すぎた。

まさに、極楽浄土にいるようだ。

沈みかけた夕陽からオレンジ色の光の道が海面を走り、こちらに向かって伸びている。

圭太郎はしばらくそうやって、勃起をお湯のなかで握られたまま、夕陽を眺めた。

夕陽の上端が水平線の彼方に没し、オレンジ色の残照が周囲を照らす。

そのとき、瑞希が動いた。

ざばっと湯船に立ちあがり、それから、じゃぶじゃぶと夕陽が落ちた方角へと歩いていく。

(何をしているんだ?)

驚きつつも、圭太郎はその若い後ろ姿に見とれた。

色白のむっちりとした健康美にあふれる女体が、前からの残照を受けて、陰影深く浮きあがっている。

「ああ、気持ちいい……!」

湯船から出た瑞希は洗い場で、両手をひろげて、西からの残照を浴びている。

斜め前を向いているので、横乳が見えた。

グレープフルーツをくっつけたような丸々とした乳房が茜色に染まり、やや上についた乳首が太陽の沈んだあたりをにらみつけている。

若く伸びやかな肢体に見とれた。

すると、それに刺激を受けたのか、淑乃が腰を浮かし、つづいて、由季子も立ちあがった。

当たり前だが、二人は生まれたままの姿だ。

二人とも溜め息の出るようなプロポーションをしている。その二人が湯船を出て、瑞希を挟むように立ち、同じように両手をひろげて残照を浴びている。

（これは……！）

この世のものとは思えない光景に、圭太郎は圧倒された。

ふと、自分もそこに加わるべきではないか、とも考えたが、いかんせんさっきから股間のものがいきりたってしまっているので、それはできない。

沈んだばかりの夕陽といまだ茜色に染まる西の空と、その前に立つ三つの美しく幻想的な裸体――。

もうこれだけで、気持ちが洗われる。うっとりと眺めていると、

「寒ーい！」

肩を窄めた三人が急いでお湯に飛び込む。

瑞希がひろい湯船のなかを平泳ぎで泳ぎはじめ、それを、二人がたしなめる。

そんな光景を微笑ましく感じつつ、圭太郎は岩に打ちつけられて弾ける波しぶきを堪能する。

こういう荒々しい自然を見ていると、人間の卑小さがよくわかる。

同時に長い教師生活で溜まっていた疲れのようなものが、取れていくように感じる。

「そろそろ出ようよ」

飽きてきたのか、瑞希が提案する。

「そうね。じゃあ、二人は先に出て、休んでいて。わたしはちょっと先生と大切な話があるから」

淑乃が意外なことを言った。

「ええ? 一緒に出ようよ。二人で残るなんて、ズルいよ」

瑞希が口を尖らせる。

「いいから……出ましょ」

由季子がいやがる瑞希を強引に連れていく。

3

二人が出ていくのを見届けて、淑乃が近づいてきた。圭太郎のすぐ隣に座って、日本海のほうを向いた。

「大切な話って?」

圭太郎はおずおずと訊く。淑乃が話しだした。

「ここで話すことではないかもしれませんが……」

「いいよ。きみたちが何かを企んでいることには、薄々気づいていた。いいから、話してくれ」

「はい……驚かれると思いますが……じつは、ある学校法人が沖縄の小さな離島に、小中一貫教育の学校を作りたいと言うんです」

「ほう……」

離島での小中一貫教育の学校と言うのは、面白い。問題は生徒をどう集めるかだろう。

「それで？」

「じつは、その法人の理事長と知り合いで、その学校で教師をやってくれないか、と誘われているんです。それで、先生はどう思われるのか、意見をうかがいたくて……」

「いい話じゃないか。だけど、そんな過疎の島で生徒が集まるのか？」

当然の疑問をぶつけた。

「全寮制にするんだそうです。それで、日本中から生徒を集めたいと……今、地元では上手くやっていけない生徒って多いでしょ？　そういう生徒も環境が変われば、心機一転でやっていけるんじゃないかと言うんです」

「ああ、そうか……いいね。沖縄のきれいな美ら海《ちゅ》を見ていれば、生徒の気持ちも変わるよ。いいと思うよ。きみがそこの教師になるのは賛成だね」

「よかった……わたしも行きたいと思ってたんです」

「いつから？　その学校はいつからはじめるんだろう？」

「来季からはじめたいそうです。校舎は廃校になった学校を修繕し終えています。寮もほとんど完成しています」

「きみは行ったのか、実際に見たのか？」

「はい……この目で確かめました。想像以上に立派な寮でした」

「そうか……いいじゃないか。なるほど、離婚すれば単身で赴任しても、家族に気を使わなくて済むしね。いいじゃないか。島に住んだらいい」

圭太郎はもろ手をあげて賛成した。

「先生にそう言っていただけて、心が決まりました」

淑乃が向かい合う形で、膝の上にまたがってきた。

圭太郎はちらっと入口のほうを見る。

「大丈夫ですよ。ここは照明設備がないから、太陽が沈むと、入浴は禁止されているんです。だから、もう誰も来ません」

淑乃が抱きつきながら、言った。

「今回、由季子先生と山口瑞希も旅に同行したでしょ？　じつはわたしがぜひにと呼んだんです。なぜだと思います？」

「……ううん、わからないな」

「じつは、あの二人にも声をかけているんです。法人の理事長に頼まれていて。信頼のできる先生を何人かわたしのほうでも呼んでほしいと……」

「ああ、それであの二人を……いいじゃないか。いい人選だ」

「ありがとうございます。瑞希は独身だから問題ないんですが、由季子先生は結婚しているから、大変なんですが……」

「しかし、彼女はご主人も先生だよな」

「ですから、もしよかったら、夫婦で来てもらう手もあるかなと……」

「なるほど。それはいいね」

「これからが、いちばん大切なところなんですが……」

少し間を取って、淑乃が真剣な目で圭太郎を見た。

「何だ？」

「先生、その学園の副学長になる気はありませんか？」

淑乃がまさかのことを切り出してきた。

「えっ……？　私が……副学長？」

愕然として、確認をした。

「はい……もちろん、先生は中学英語を教えながら、副学長をやっていただければ……。すでに理事長のほうで学長の人選は終わっているようなんですが、その補佐をするベテラン教師が欲しいとおっしゃって。それで、伊丹先生なら適任かなと、推薦させていただきました。来年の三月で公立学校は定年退職されるわけですが、学園は私立ですから、定年はありません」

「ああ、それでこの前から、私のやる気をさぐっていたのか？」

「はい……すみません」

淑乃の意図がはっきり見えてきた。待てよ、ということは、セックスも？

「……抱かれたのも、その意図があって……？」

おずおずと訊くと、

「それはないです」

淑乃は笑って否定した。

「先生は、身体で誘惑されて、気持ちを動かされるような方ではないです。そんなことは、わたしがいちばんよくわかっています。そうですよね、先生？」

「もちろんだ。そんなことを意図的にされたら、逆に反発を覚えてしまうからね」

「先生のことはわかっているつもりです。だから、これは偶然です。わたしは前から先生のことを好きでしたから、抱かれてすごくうれしかった」

淑乃がぎゅっとしがみついてきた。お湯に濡れた乳房が押しつけられ、吐息が耳元にかかった。

「……すぐに返事をとは申しません。でも、理事長にも先生のことはお伝えしてあって、それなら絶対に誘ってくれと言われています。理事長も一度、先生にお逢いしたいと……考えておいていただけませんか？」

「わかった。いい話だとは思うが、今はまだ急な話すぎて、頭も心も追いついていかなくてね……」

問題は休む体勢に入りつつあるこの体に、エネルギーが充填できるかどうかだ。引き受けるとすれば、島暮らしがつづくし、全寮制だからただ勉強を教えればいいというわけではない。副学長と言えば、生活指導にも目を配らなければいけないし、並大抵の気持ちでは受けられない。

「先生?」

「何だ?」

「わたし、今、先生としたい。ダメですか?」

淑乃が艶めかしい目を向けてきた。

「したからと言って、承諾したことにはならないからな。これとそれとは別だから」

「もちろん……そんな野暮なことは考えていないですから。先生も少しの間だけ、島の学校の件は忘れてください。今はわたしのことだけ……」

そう言って、淑乃は顔を寄せてきた。

唇が合わさって、淑乃は舌を出し、圭太郎の唇を舐める。それから、ぎゅっと抱きつきながら強く唇を重ね、舌を押し込んでくる。

なめらかでよく動く舌を受け止めていると、淑乃との心地よい情事がよみがえってきて、体の奥から強い本能がうねりあがってきた。

(島のことはいい。今はとにかく……)

淑乃はキスをしながら、腰を揺するので、豊かな尻が太腿の上で動いて、腹に接していた分身が徐々に頭を擡げてきた。

長い間、休眠状態にあったイチモツがこの旅行では、若い頃の元気さを取り戻したかのようにいきりたつ。

すると、淑乃がお湯のなかで肉棹をつかみ、腰をあげ、亀頭部をあてがった。

ゆっくりと沈み込んでくる。

膣口がひろがって勃起を受け入れ、それが体内深くにすべり込むと、

「ぁあああ……！」

淑乃は大きくのけぞって、両手で圭太郎の肩をつかむ。

もう一刻も待てないとでも言うように、腰を振りはじめた。

錆色に濁ったお湯がちゃぷちゃぷと波打って、いかに激しく腰が動いているのかを伝えてくる。

「ぁああ、あああ……先生、気持ちいい！」

淑乃がうっとりと目を閉じ、のけぞりながら言う。

圭太郎ももたらされる快感を味わった。

お湯のなかでも、淑乃の膣がしっかりと分身をホールドして、ひくひくとうごめきながらからみついてくるのがわかる。

屹立が前後に揉み抜かれて、先端が奥を捏ねている。

両手で肩をつかんで顔をのけぞらしている淑乃の向こうに、波立った冬の日本海がひろがっていた。

太陽が沈んで、周囲は急速に暗くなり、海は灰色の空を映して暗く沈んでいる。そして、押し寄せてくる荒波が数々の奇岩にぶち当たっては砕け散っている。

「ぁああ、あああああ……いいの……先生、いいのよぉ」

淑乃がぎゅっとしがみついてきた。

圭太郎に抱きつきながら、さかんに腰を振っている。大きく縦に振り、それから、ぐりん、ぐりんとグラインドさせ、

「ぁああ、ああああぁ……」

と、悦びの声をあげる。

もうこれだけで充分だった。圭太郎のなかで、射精をするという行為はそれほど重要なものではなくなりつつあった。

教え子であり、教師であり、好意を抱いている女を抱き、抱かれて、こうしてひとつに繋がっている。それだけで充分に至福だった。

だが、他にもうひとつ大切なことがある。それは、相手の女性が気を遣ることだ。

自分は射精しなくていいから、淑乃には昇りつめてほしい。

圭太郎は水面から見え隠れする乳房をつかんで、柔らかく揉む。揉みながら、頂上の突起を指でつまんで捏ねてやる。

すると、乳首が強い性感帯でもある淑乃の様子がさしせまってきた。

「あんっ……あんっ……あんっ……」

びくびくっと裸身を痙攣させ、

「ああ、先生、イッちゃう。イッていいですか？」

顔をのけぞらせながら訊いてくる。

「いいぞ。イッてほしいんだ。私はいいから、きみにだけはイッてほしい」

そう言って、乳首を捏ねながら、腰を撥ねあげてやる。

のけぞるようにして下腹部を突きあげると、その上にまたがった淑乃は、

「あんっ、あん、あんっ……」

と、艶めかしい声をあげる。その声が激しい波音にかき消されて、打ち寄せる波が砕ける音に拮抗するように、淑乃の喘ぎが甲高くなる。

「あんっ、あんっ、あんっ……ぁああ、先生、イク、イク、イッちゃう！」

「いいんだぞ。そうら！」

圭太郎が乳房を鷲づかみにして、腰をせりあげたとき、

「はう……！」

淑乃は大きくのけぞり、がくがくっと震えながら、圭太郎にしがみついてきた。

第五章　若い女教師の唇

1

その夜、四人は旅館の個室の食事処で、鍋を囲んで夕食を摂っていた。

みんな浴衣に袢纏をはおり、秋田の地酒を呑みながら、鍋を突ついている。

圭太郎のなかでは、三人に対する気持ちがかなり変わっていた。さっき、露天風呂で、淑乃に新しい島の学校の話を聞いていたからだ。

みんな、その話をどう受け止めているのか、ほんとうに島の学校で教師生活をはじめるつもりなのか、大いに気になった。

夕食の途中でどうにも黙っていられなくなって、

「ところで、さっき淑乃先生から、島の学校の話を聞いたんだけど……」

話を切り出すと、三人の箸を持つ手が止まった。

「みんな、島の学校の先生になることを了解しているの？」

気持ちを知っておきたくて、訊いた。

「わたしはもちろん決めているけど……由季子先生はどう？」

淑乃が話を由季子に振った。

「わたしもそのつもりでいます。夫にもそうなるかもしれないと、事情は伝えてあります」

「そうか……で、ご主人はどう言ってるの？」

圭太郎はもっとも気になっていることを訊いた。

「諸手をあげて賛成しています。できれば、自分もその島の学校で先生をしたいと……そうすれば、別々に住まなくてもよくなりますし……。それよりも、わたしとしては、伊丹先生にも来ていただきたいんです。先生がいらしたら、わたしたちも安心できます」

由季子に言われて、圭太郎の気持ちは大いに動いた。

「わかったわ。ありがとう……で、瑞希は？」

淑乃が瑞希のほうを見た。

「わたしも行きたいです。小学生が何人、何学級集まるかわからないけど、わたし、島の先生に憧れてて……『二十四の瞳』とか『瀬戸内少年野球団』とかステキな映画があるじゃないですか……わたし、ああいう先生になりたくて」

瑞希が瞳を輝かせる。

「瑞希なら、なれると思うわよ」

淑乃が言う。確かに、瑞希の明るさは沖縄の海と小学生にぴったり合うだろうという気がする。

「わたしたち、伊丹先生と一緒に新しい学校を作っていきたいんです……お願いします」

淑乃が頭をさげて、由季子も瑞希も同じように頭をさげた。

「……わかったから、頭をあげなさい。さっき言われたばかりだから、まだ気持ちの整理がついていないんだ。それに、三月でピリオドを打つつもりだったから……」

「すみません。先生にはもっと早く言わなければという気持ちもあったんですが、ある程度決まってからお伝えしようと思っていたので、遅くなってしまいました」

「まあ、それはいいよ……最初からこの旅で伝えようと思っていたんだね？」

「はい……」

「私のためにみんな来てくれて、ありがとう。感謝してるよ」

言うと、三人がうれしそうな顔をした。

自分のためにわざわざここまでしてくれているのだから、期待に応えたい。

「ありがとう。大変いい話だと感じています。ただ、まだ心の整理がついていないので……」

「いいんですよ。すぐに返事がもらえるとは思っていませんから……この話はこのくらいにして、旅の最後の夜を愉しくやりましょう。カンパイ！」

淑乃が音頭を取って、四人で温燗《ぬるかん》を呑む。

食事が終わる頃になって、瑞希の機嫌が悪くなった。ぶすっとして、黙りこくっている。

「どうしたの？」

淑乃に訊かれても、押し黙っている。

夕食を終えて席を立つときになって、ひとりで違う方向へと歩きだした。

「先生、つきあってやってもらえませんか？　あの子、先生にかまってもらえなくて拗《す》ねているんだと思います」

淑乃に言われて、ああ、なるほど、と瑞希のあとを追った。

瑞希はロビーのソファにひとりでぽつんと座っていた。近づいていって、隣に近づいていって、隣に腰をおろし、声をかけた。

「どうした？　みんな、心配してるぞ」

「こんなときに機嫌悪くなって、ゴメンなさい。でも、食事をしていても、先生、淑乃さんや由季子さんとばかり話しているし……せっかくわたしが隣に座ってるのに……」

そうか……自分では瑞希とも会話を交わすようにしたつもりだが、足らなかったのだろう。

自分がないがしろにされていると感じて、拗ねているのだ。女性にありがちな感情だが、大人の女性はそれを抑える。しかし、瑞希はまだ若いし、性格的にも、自分の感情をコントロールできないのだろう。

「ゴメン、そんなつもりはないんだが……」

「先生、わたしのこと嫌いじゃないですよね？」

「もちろん。そのことは今日も言ったはずだが」

「だったら、今夜……いいでしょ?」

瑞希が身体を寄せて、胸のふくらみを押しつけてきた。

「……だけど、今夜は部屋が一緒だろう?」

圭太郎としても、他の二人を抱いてしまっているし、瑞希ともという気持ちはある。

しかし、旅館の部屋は一応真ん中に襖が立っているが、ひとつの部屋だから、セックスはなかなか難しい。

「わかっています。でも、大丈夫ですよ。二人が寝静まった頃にわたしが先生の部屋に忍んでいきますから。それに、声を出さなきゃわからないわ」

瑞希はとても小学校の教師だとは思えないことを口にして、さらに浴衣越しにノーブラだろう大きな胸を押しつけてくる。

それから、顔を寄せて耳元で囁いた。

「昼間，先生にあそこをいじってもらってから、もうジンジンしてるんです。あそこが……」

圭太郎は何と答えていいかわからない。黙っていると、瑞希が言った。

「じつは、わたしたちツアーの前に、淑乃先生から、接待のつもりで伊丹先生には接してほしいって言われてたんですよ」

ああ、なるほど、やっぱりな……。

それで、淑乃ばかりか由季子もああいう態度だったのだろう。

由季子が圭太郎に抱かれたのは、長い間、夫と別々に住んでいることの肉体的な寂しさもあっただろう。

しかし、こういう話を聞くと、淑乃はさっき否定したものの、彼女が自分に近づいてきたのも、やはり、圭太郎を島の学校に引き入れるためだったのではないか、という気がしてくる。

だが、淑乃を抱いたときの手応えや、これまでの接し方を見ていると、たとえそういう意図があったとしても、淑乃は自分を好いてくれていることには違いないのだから、それはそれでいいではないか？

一般的に見ても、六十歳の男に、まだ三十代の女が純粋な恋愛感情だけで近づいてくることはないだろう。

淑乃は離婚に踏み切るための背中を押してほしいと言っていたが、それはウソだとは思えない。離婚が成立すれば、島に行った後も、淑乃と男女の関係をつづけられるのではないか？

　と考えて、自分がすでに島の学校に赴任することをなかば認めてしまっていることに気づく。瑞希が圭太郎の太腿に手を置いた。

「先生……？」

「あ、ああ……」

「先生、忘れちゃったかもしれないけど、中学のとき、バスケットが好きで全然受験勉強していなかったら、先生、『バスケは高校に入ってもできる。いつだってできるんだ。だけど、高校受験は今しかできないんだ。いやなことから逃げるな』って指導してくれたじゃないですか？　覚えてます？」

「ああ、覚えてるよ」

「わたし、あれで志望校に合格したんです。それて、今があるんです。だから、そのお礼をしたいんです……ダメですか？」

　瑞希が真剣な顔で言った。

　そこまで言われると、瑞希の誠意を踏みにじるのは彼女を傷つけることになるという気がした。

「……わかったよ。じゃあ、待ってるから」

そう言うと、

「やった！　夜這いにいきますから、いやがらないでくださいね」

「わかったよ」

「ねえ、先生……お土産買いました？」

瑞希ががらりと口調を変えた。

「いや、まだ……と言うか、残念ながら土産を買っていく相手がいなくてね」

「じゃあ、わたしお土産買うから、つきあってください」

瑞希は立ちあがり、腰を浮かせた圭太郎の羽織の腕の内側に手を入れ、旅館の土産屋に向かって、ぐいぐいと引っ張っていった。

2

その夜、部屋に敷かれた布団のなかで、圭太郎は輾転としていた。

圭太郎は窓に近いほうの部屋で、三人は襖を隔てた別室で横になっている。

さっきまで聞こえていた女同士の会話が止んで、急に静かになった。

どうやら眠ったらしい。

(そろそろ、瑞希が来るんじゃないか)

布団をかぶって息を潜めていると、静かに襖が引かれる音がした。

見ると瑞希が入ってくるところだった。

浴衣姿の瑞希が音を立てないように慎重に襖を閉めた。

それから、いそいそと近づいてきて、圭太郎が起きて自分に視線を向けているのを見て、にっこり笑い、かけ布団をめくって、すぐ隣に身体をすべり込ませてきた。

仰向けに寝ている圭太郎の横にぴたりと張りついてきたので、とっさに手を伸ばして、腕枕していた。

上腕に頭を乗せた瑞希が、右手を胸板にあて、片方の足を大胆に下半身にからませてくる。

顔の横にある洗髪された頭の爽やかなシャンプーの香りがして、浴衣を通して胸のたわわなふくらみと太腿の重さを感じる。

「先生……こうしているだけで幸せ」

耳元で囁いて、瑞希が圭太郎の浴衣の襟元から手を差し込んできた。

胸板を小さいが柔らかな手で撫でられ、乳首をつまんで捏ねられると、思ってもみなかった快感が走り、それが下腹部にも及び、分身がびくっと頭を振った。

どうやら、このところの女体との接触で体が目を覚まして、若い頃の感性を取り戻したようだ。

淑乃と閨をともにするまでは長い休眠状態にあった男性器も、自分でも驚くほどに敏感に反応する。

やはり、ペニスと男の心は繋がっているのだろう。おチ×チンが元気になると、心までもが活性化してくる。

瑞希が布団をかぶった状態で、圭太郎の細帯に手をかけて、結び目を解いて抜き取っていく。

それから、覆いかぶさるようにして、浴衣の前をはだけ、あらわになった胸板にキスを浴びせてくる。

窄めた唇をちゅっ、ちゅっとかわいらしく押しつけ、乳首にキスをしながら、舌をつかってねろねろと舐めてくる。

「おっ、あっ……」

思わず声をあげてしまい、しまった、と襖の向こうをうかがう。

息を凝らす。幸いにして、物音は聞こえない。二人とも旅の疲れが出て、ぐっすりと眠っているのだろう。

少し安心して、瑞希の黒髪を撫でた。すべすべの髪が手のひらに心地よい。

そして、瑞希は上目づかいに見て、にっこりと幸せそうな顔をしながら、乳首を舐めてくる。

こうして見ると、ほんとうにかわいい。

淑乃と由季子には人妻の熟れた魅力があるが、瑞希には若さとかわいさがあって、キュートである。

しかも、自分でも言っていたように、それなりに男を知っているのだろう、愛撫もとても上手い。

瑞希は左右の乳首を丹念に舐めしゃぶり、顔をおろしながら、ちゅっ、ちゅっとキスをする。ぷにっとしたサンランボみたいな唇が胸板から腹へと、さらにもっと下へとおりていって、かけ布団のなかに潜っていった。

次の瞬間、下腹部の繊毛にふっと温かい息がかかり、肉茎になめらかな肉片がぬるりと這った。

「くっ……！」

圭太郎は低く呻いて、あわてて口を手のひらで封じた。

女性が洩れそうになる声を必死に手で押さえ込むその気持ちがわかった。

照明は蛍光灯のスモールライトだけで、しかも布団をかぶっているので、なかは薄暗くてよく見えない。

だが、その分、感覚が研ぎ澄まされるのか、亀頭部に唾液が塗り込まれ、尿道口をなめらかな肉片が溝に沿って走るのが感じられた。

「くっ……！」

声を押し殺しながら、布団のなかに視線をやると、こちらを向いた二つの目がきらっと光った。

よく動く舌が、亀頭冠の真裏をちろちろと走る。

うねりあがってくるぞわぞわ感に、分身がますます力を漲らせるのがわかる。

瑞希のフェラチオをする姿を見たくなった。

フェラチオという行為はその身体的悦びだけではなく、女性に決してきれいだとは言えない排尿器官を舐めてもらっている、かわいがってもらっているという精神的な悦びが大きいのかもしれない。

それを確かめるのは、やはり、その姿をこの目で見ることだ。

かけ布団を剥ぐと、瑞希がびっくりしたように目を見開いた。一瞬、恥ずかしそうな顔をしたが、すぐに、気持ちを切り換えたのだろう。

圭太郎を微笑みながら見あげ、雁首を舐めはじめた。

そそりたつ肉茎をつかんで角度を調節しながら、赤い舌を出して、ぬるっ、ぬるっとカリをなぞりあげてくる。

顔の角度を変えながら、亀頭冠を一周するように舐めあげてくるので、鋭い快美感が撥ねあがった。

（ああ、そうか……雁首ってこんなに気持ちいいのものだったんだな）

忘れていた感触を思い出した。

圭太郎が高まっているのを見てとったのだろう、瑞希は舌を横揺れさせながら、亀頭冠とカリの境目を舐めてくる。

（ああ、気持ちいい……！）

相手は二十三歳の小学校教師である。その教師がこんなに巧妙な舌技を使うことに驚きと、昂奮を覚えた。

瑞希はたっぷりとカリを舐めてから、下へと下へと顔を降ろしていき、皺袋にまで舌を伸ばした。

片足を持ちあげられ、剝きだしになった睾丸袋をもう一方の手で下から持ちあげるようにあやされると、またまた心地よさがひろがってきた。

（上手だ。上手すぎる！）

きっとこれまでつきあった男と、多くの時間を費やしてセックスをしてきたのだろう。

瑞希は運動神経がいいから、コツをつかむのが早いのだろう。

「気持ちいいよ……」

小声で感触を伝えた。

「ふっ……だから言ったでしょ？　わたしはセックスが好きだから、学ぶのも早いの。こんなこともできるわよ」

そう言って、いきなり瑞希が睾丸を頬張ってきた。

片方のタマタマが瑞希の小さな口のなかにおさまってしまっている。そして、瑞希はなかで舌を躍らせながら、時々、チューーッと吸う。

「くっ……それは勘弁してくれ」

訴えると、瑞希はちゅるっと睾丸を吐き出して、裏筋に沿ってツーーッと舐めあげてきた。

そのまま上から頬張ってくる。

いきりたった肉柱をぷっくりとした唇をひろげて、途中まで呑み込み、そこでぐちゅぐちゅと舌をからませてくる。

口腔に包まれ、しかも、なかで舌で下側を刺激されて、分身がますます力強さを増すのを感じた。

瑞希はいったん吐き出して、肉棹を握りしごきながら、

「気持ちいいですか？」

大きな瞳の目尻をさげて、にこっとする。

「ああ、気持ちいいよ」

「よかった……」

瑞希がまた唇をひろげて、途中まで頬張ってくる。

根元を握りながら、亀頭部を中心に唇でしごいてくる。顔をS字に振るので、亀頭部が適度な刺激を受けて、なかなか具合がいい。

それから、瑞希は指を離して、一気に根元まで唇をすべらせる。

陰毛に唇が接するまで咥え込み、そこで鼻呼吸をしつつ、ねろねろと舌をからませてくる。

「くっ……気持ちいいよ」

圭太郎は隣室を意識しつつ、小声で伝える。

すると、瑞希は顔を傾けて圭太郎を見あげ、そのまま顔を打ち振った。口におさまった亀頭部が頬の内側を擦っていき、瑞希のかわいい顔の片方の頬が異様にふくらんで、それが移動する。

瑞希のかわいい顔がリスのように変わって、ととのった顔がゆがんでいる。しかし、それを厭うことなく、ずりゅっ、ずりゅっと顔を打ち振る瑞希を、かわいい女だと感じた。

淑乃も由季子も瑞希もそれぞれがとても魅力的だ。

その三人に、圭太郎を島の学校に引き入れるという意図があるにせよ、こうやって尽くしてもらえるのは、至福以外の何物でもない。

瑞希は反対側に顔を傾けて、歯磨きフェラをつづける。

それから、まっすぐに頬張ってくる。

ぐっと奥まで咥えて、そこからゆっくりと引きあげていき、また根元まで唇をすべらせる。

それを繰り返されると、ジーンとした快感がひろがってきた。

3

「ありがとう。今度はこっちがするよ……」

そう言って、圭太郎は体を起こす。

隣室の気配をうかがったが、物音ひとつしないから、大丈夫だろう。

瑞希を仰向けに寝かせる。

竹模様の浴衣はすでに乱れて、たわわな乳房がのぞき、裾もはだけて、むっちりとした太腿がなかばのぞいてしまっている。

瑞希は顔をほんのりと紅潮させて、瞳もすでに潤んでいる。フェラチオをしながら高まってしまったのだろう。

そそられるものを感じながら、浴衣の帯を解き、前をはだけると、丸々とした乳房がこぼれでた。

大きい。しかも、形がいい。ただ丸いだけではなく、直線的な上側を下の充実したふくらみが押しあげていて、ピンクとセピア色の中間の色をした大きめの乳輪に、小さな乳首がわずかにせりだしている。

そして、下腹部にはオフホワイトの刺しゅう付きの小さなパンティが張りつき、真ん中にはピンクのリボンがついている。

「随分とかわいらしい下着だね」

小声で言うと、

「先生のために、なるべくかわいいのを穿いてきたんです」

瑞希が答える。

「そうか、ありがとう。よく似合うよ」

下着を脱がせながら耳元で囁き、唇を合わせる。

すると、瑞希は自分からも唇をひろげて、小さいがよく動く舌で圭太郎の唇を舐め、舌をからめてくる。

かるくキスを交わしながら、乳房をつかんだ。

とても片手ではつかみきれないほどの量感にあふれ、柔らかくてくにゃっとしたふくらみに指が沈み込んでいく。

(三人のなかではいちばん年下なのに、いちばんデカいな)

こんな巨乳はこれまでの人生で揉んだことがない。

たわわな肉層が指を包み込んできて、指が乳首に触れると、

「んんっ……！」

唇を合わせたまま、瑞希が低い声を洩らした。

キスをした状態で、手さぐりで突起をつまんで転がすと、それが急速に硬くしこってきて、

「んんんっ……んんんっ……ぁああ、先生……」

キスをしていられなくなったのか、瑞希が顔を離してのけぞりながら、圭太郎を抱きしめる。

小さな声だから、まず隣室には聞こえないだろう。

圭太郎はキスを顎から首すじへとおろしていき、乳房の丘陵にキスを浴びせ、それから、乳首を静かに口に含んだ。

あむあむと頰張り、いったん吐き出して、そこを舌を横揺れさせてかわいがる。

「ぁああ……くぅぅ」

瑞希はのけぞりながら、口に手のひらを当てて、洩れそうになる声を押し殺している。

今度は、乳首を上下に舐める。

下から突起を持ちあげるようにして舌を這わせ、また下から撥ねあげる。それ

をつづけているうちに、瑞希の様子が一気に変わった。

「ぁあぁ……んんっ、んんんっ、んんんんっ……ぁあぁ、ダメ。それ、ダメ……くうぅぅ」

片手では抑えきれないとばかりに両手重ねて口をふさぎながら、仄白い喉元をさらす。

舌を遊ばせていると、さっきまで小さかった乳首がいつの間にか円柱形に伸びて、硬くしこってきた。

存在感を増してきた乳首の周囲を舌をまわすようにして刺激し、さらに、かるく含んだ。

吸っておいて、吐き出すと、唾液まみれの乳首がちゅるんと躍って、

「ぁあぁあ……！」

瑞希が大きな喘ぎ声を放って、あわてて口を両手でふさぐ。

(今のは、聞こえたのではないか？)

息を凝らして隣室をうかがった。しばらく愛撫をやめてじっとしていたが、幸いに物音はしない。

「声を出さないようにね」

小声で言い聞かせると、瑞希がこくんとうなずいた。

圭太郎は次に反対側の乳房に貪りつき、同じように舌でかわいがりながら、もう片方の乳房も揉みしだく。

明らかに尖っているとわかる乳首を指で捏ねながら、こちら側の乳首を舌で上下左右に撥ね、周囲に舌を走らせる。

チューッと吸いながら、もう片方の乳首をつまんで転がす。

「んんんっ……！」

瑞希は両手で口をふさぎながらも、ぐぐっと顎をせりあげる。

眉の上で切り揃えられたさらさらのボブヘアが乱れて、額が出て、いっそうかわいさが増している。

乳首を舐めつづけるうちに、くぐもった呻きとともに、下半身が微妙に動きはじめた。

最初は膝を引きつけたり、太腿をよじり合わせたりしていたが、ついには、ぐぐっ、ぐぐっと下腹部をせりあげる。

薄い飾り毛も同時に持ちあがり、こうしてほしいのだろう、と圭太郎は右手を下腹部に伸ばした。

若草のように繊細で薄い草むらの感触があって、そのすぐ下に、ふっくらとした恥肉が息づき、狭間に指を添えると、肉びらが分かれて、とろとろした粘膜が指にからみついてきた。

「すごい濡れようだ」

耳元で囁く。

「だから言ったでしょ？　五能線でいじられてから、そこが疼いてるって」

「そうだったね……確かにすごく濡らしているな」

ふっくらとした肉丘と潤みきっている渓谷を、二本の指でなぞると、ぬるっ、ぬるっとすべって、

「ぁああ、気持ちいい……うぐぐ」

瑞希は小さな声で訴え、いけないとばかりにまた口を両手でふさぐ。

その必死に見つからないようにしている所作を、好ましく感じた。

圭太郎は顔をおろしていき、左右の膝をつかんで持ちあげて開かせ、むっちりとした太腿の間に顔を寄せる。

やわやわとした繊毛が生えた恥丘は、陰毛が薄いためか地肌までもが見える。

そして、ぷっくりとしたいかにも具合の良さそうな肉びらがわずかにひろがっ

て、内部の濃いピンクの粘膜をのぞかせていた。

(きれいなオマ×コだ。やはり若いからか?)

まだ何もしていないのに、陰唇が少しずつ花開いていき、内部の粘膜がいっそう顔を出してきた。そして、下のほうのH字型の膣口からとろりとした蜜が滲んできた。

(そうか……こういう恥ずかしい格好で見られているだけで、昂奮するんだな)

瑞希の感受性に感心しつつ、舌を出して、ぬめりを舐めあげると、

「んっ……!」

びくっとして、瑞希が両手を口から離して、布団のシーツをつかんだ。

(感じやすい身体をしている)

狭間をゆっくりと上下に舐めると、

「んっ……んっ……」

瑞希はがくっ、がくっと腰を揺らせて、くぐもった声を洩らす。

とても舌ですくいきれないほどの透明な蜜がこぼれて、全体に行き渡る。

(五能線で触ったときは、ここがいちばん感じたな)

狭間を舐めあげていく勢いのまま、上方の肉芽をピンと撥ねた。

「あっ……！」

明らかに喘ぎ声を発して、瑞希がいけないとばかりに口をまた手でふさぐ。

包皮をかぶっている肉芽を含んで、かるく吸うと、

「はぁああ……！」

瑞希は声にならない声を洩らして、大きくのけぞる。

やはり、ここが強い性感帯らしい。

吐き出して、唾液を塗りつけるようにして突起をゆっくりと舌でなぞりあげる。

「んんっ……んんっ……」

瑞希は舌の動きに合わせて、下腹部をせりあげ、もっといっぱい舐めてとばかりに濡れ溝を口許に押しつけてくる。

圭太郎が左右の指で根元を引っ張ると、くるっと包皮が剝けて、肉の真珠がぬっと現れた。

真珠の粒は大きく、よく育っている。

そこを舌で上下左右になぞり、かるく転がし、吸う。

吐き出して、また舌であやす。

ただでさえ大粒の真珠がいっそうぷっくりと肥大して、そこを舌であやすと、

瑞希の様子がさしせまってきた。

「んんっ……んんん……ぁああ、もうダメっ……先生、先生、そろそろ……」

潤みきった瞳を向けてくる。

「いいんだね？」

一応確認をする。

「はい……」

瑞希がぼぅとした目で答える。

ならばと、圭太郎は顔をあげて、膝をすくいあげ、繊毛の底の濡れ溝に切っ先を押し当てた。

根元をつかんで上下に振ると、ぬるっぬるっと亀頭部が潤みをすべり、それだけで、瑞希は「ぁああ」と期待感に満ちた声をあげる。

「難しいかもしれないけど、声を出さないようにしようね」

そう念を押して、いきりたつもので窪地をさぐり、少しずつ体重をかけていく。

切っ先がめり込んでいく感触があって、

「あっ……！」

瑞希はのけぞり、開いた口を両方の手のひらで押さえ込んだ。

圭太郎は前に体重をかけ、瑞希の肢体を抱くように折り重なっていく。

「ぁあぁ……」

瑞希はまた声をあげてしまい、自分の意志とは裏腹に出てしまう声を封じようとしたのか、唇を合わせてきた。

圭太郎の肩と背中に手をまわして、引き寄せながら、唇を押しつけて舌を躍らせる。

圭太郎もそれに応えて、舌をつかいながら、唇を強く合わせる。

二人の中間地点で舌と舌がからみあい、そのぬめぬめした淫靡な感触が下半身にも及び、圭太郎はキスをしながら腰をつかう。

唇を奪いつつも、強く打ち込んだ。ズンッ、ズンッとえぐりたてると、

「んっ……んっ……ぁあぁあ、奥に響くぅ」

瑞希が唇を離して言ったので、圭太郎はとっさに手のひらで瑞希の口を押さえた。

口呼吸ができなくなって瑞希は目を白黒させていたが、圭太郎がつづけて打ち込むと、

「うぐっ……ぐぐっ……」

すっきりした眉を八の字にして、顔を大きくのけぞらせる。

手のひらを口に当てられたままなので、瑞希は激しく鼻呼吸しつつ、はふはふはふと手のひらの隙間から息を継ぐ。

すぐに手のひらが吐息の湿気と唾液でべとべとになった。

そのとき、瑞希が手のひらを舐めてきた。なめらかな舌で手のひらを縦横無尽に舐められ、くすぐったくなって手を離すと、

「少しくらい声を出しても大丈夫よ。全然、物音しないし」

瑞希が言う。

圭太郎は逆に物音がまったくしないことを不安に感じた。もしかして気づいていて、息を潜めているのではないか？

しかし、たとえばれたとしても、淑乃も由季子も同じことをしているのだから、面と向かって文句は言えないだろう。

それなら、と圭太郎は両肘を突き、足を伸ばして、腰をつかう。

ぴったりと身体の全部を密着させて、ぐいっ、ぐいっと下からえぐるようにすると、膣の柔らかく緊縮力のある粘膜を分身が押し広げながらえぐっていく快感が湧きあがってきて、

「くっ……くっ……あっ」

瑞希が圭太郎の頭部にしがみつきながら、囁く。

「ぁああ、クリちゃんが擦れて、気持ちいい」

「私も気持ちいいよ……きみのがぐにぐにとからみついてくる」

「うれしい……ぁああ、先生……」

瑞希が足を圭太郎の腰にまわして、ホールドしてきた。

そして、自分から腰をせりあげる。

きっと自分で意識して締めているのだろう、膣がぎゅっ、ぎゅっと肉棹を食いしめてくる。

「くうぅ……締まってくるぞ」

「もっとできるわよ」

瑞希は腰にからめた足で圭太郎を引き寄せ、下腹部をせりあげながら、強く肉路を締めてくる。

「おっ、くっ……」

圭太郎はとっさに腰に両手をまわして、自分はそっくり返りながら、瑞希が膣を締めるときを見計らって、グイと打ち込んでやる。

「はんっ……！」

よほど気持ち良かったのか、瑞希がのけぞって、口に手のひらを当てた。

連打すると、瑞希が「あん、あん、あん」と声をスタッカートさせたので、あわてて腰を止めて、瑞希にのしかかっていった。

「シーッ」

と、口の真ん中に人差し指を立てる。

「ごめんなさい。やっぱり、キスしながらして」

瑞希がかわいらしく、せがんでくる。

乱れた前髪から額、鼻筋、唇にキスをおろし、声が出ないように唇を合わせながら、腰を動かした。

それでも、腰を律動させるたびに顔も揺れて、隙間ができる。その隙間から、

「あんっ、あんっ、あんっ……」

瑞希の喘ぎがこぼれでてしまう。

しょうがないので、圭太郎はまた口を手のひらで覆い、声が洩れないようにして、打ち込んでいく。

瑞希が両手を頭上にあげていたので、圭太郎は下からぐいと突きあげる勢いを

利用して、腋の下から二の腕にかけて舐めあげていく。

瑞希は一瞬、びっくりしたように目を大きく見開いた。こんなことをされるのは初めてなのだろう。

突きあげるその勢いのまま、腋の下から二の腕にかけて舌を這わせる。

腰の動きと舐めが連動しているから、動きもなめらかだ。

それをつづけていると、瑞希の気配が切迫つまってきた。

「んんっ……んんんっ……」

手のひらで覆われた口許からくぐもった声を洩らし、大きく顔をのけぞらせながら、震えはじめた。

膣肉がぎゅんぎゅん締まってきて、圭太郎も腰の律動を止められなくなった。

気持ちいいものを中断する必要はない。

乳房にしゃぶりついた。

舌をいっぱいに出して、それを乳首に押し当てながら腰をつかう。これも腋の下と同じで、打ち込む際には上体もあがるので、舌で乳首をなぞりあげることになる。

「んんっ……んんん……イぐぅ……」

瑞希が声をあげたので、圭太郎は今だとばかりに強く速く、打ち込んだ。

粘っこい肉襞がからみついてきて、圭太郎も放ちそうになったが、それをこらえて、つづけざまにえぐりたてたとき、

「うグ……イグぅ……！」

瑞希がのけぞりながら、両手でシーツを鷲づかみにした。

それから、がくがくっと裸体を痙攣させる。

圭太郎はぎりぎりで射精をこらえる。

すると、いまだいきりたっているものを、瑞希は震えながら締めつけてきた。

4

瑞希はすぐに回復して、

「先生、お疲れでしょうから、今度はわたしが上になるわね」

潤みきった目がひどくいやらしかった。

やはり、まだ若いし、バスケットで鍛えられているから、疲れ知らずなのだろう。

この頃には、圭太郎も隣室のことが気にならなくなっていた。これだけのことをしても反応がないのは、よほどぐっすり眠ってしまっているのだろう。

瑞希は一糸まとわぬ姿で、仰臥した圭太郎の下半身のほうに移動する。

こうやって見ても、健康美に満ちあふれている。

胸は巨乳と呼んでも差し支えのないほどに立派で、しかも乳首がツンと上を向いている。ウエストはほどよくくびれ、そこから、縦にも横にも張りだした桃尻が実っている。

瑞希はまたがる前に、圭太郎の股間に顔を寄せて、若干勢いをなくした屹立を舐めしゃぶってくれる。

自分の愛蜜が付着しているのを厭うことなく、大胆に頬張り、ゆったりと顔を打ち振って、ジュルルと唾音を立てる。

それがまたギンとしてくると、肉棹をつかみながらまたがり、片膝を突いて。亀頭部を濡れ溝に擦りつけた。

「ぁあああ……」

と、気持ち良さそうに顔をのけぞらせ、それから、ゆっくりと沈み込んでくる。

屹立が体内に呑み込まれていくと、

「ぁあああ……」

また艶めかしく喘ぎ、一瞬、くっと奥歯を食いしばった。

肉棹から手を離して、腰を落とし込んできた。硬直が温かくて蕩けた坩堝に嵌まり込んでいき、

「くっ……！」

上体をまっすぐに立てて、顎をせりあげた。

圭太郎も唸っていた。さっきより潤みが増して、挿入はスムーズだったが、なかの粘膜がおチ×チンを歓迎でもするようにざわついて、まとわりついてくる。

瑞希がじっとしていられないとでも言うように、腰を振りはじめた。

両膝をぺたんと布団について、腰を前後に揺する。

屹立も根元から前、後ろに持っていかれる悦びのなかで、圭太郎は瑞希の巨乳から目が離せないのだ。

瑞希は乳房を挟みつけるようにした両手を太郎の胸板に突いている。

したがって、グレープフルーツみたいな大きなふくらみが真ん中に集まり、セピア色がかった乳首が目のように圭太郎をにらみつけている。

（大きなオッパイというのは、やはりそそられるな）

たまらなくなって、圭太郎は両手を斜め上方に伸ばして、乳房をつかんだ。そのたわわすぎるふくらみをやわやわと揉むと、

「ぁあああ……いいっ！」

瑞希がますます強く、大きく腰を振るので、圭太郎の肉棹は揉み抜かれる。

「くっ……！」

肉棹が根元から折れそうだ。

それをこらえて、大きな乳房を揉みしだき、乳首を指で捏ねると、

「ぁああ、いい……！」

瑞希がさしせまった声をあげた。

（うん、今のはかなり大きな声だったぞ）

不安になって、隣室を見た。

横を向いたとき、その途中で何か違和感があった。

（うん……？）

視線を少し戻した。

（あれは……？）

襖の上の欄間は嵌め殺しのガラス戸になっているが、その横に長いガラスから

二つの顔がこちらを覗いていた。

(淑乃、由季子さん!)

仰天して声をあげそうになった。

どうにかして反応せずに済んだのは、淑乃が口の前に人差し指を立てて、シーッとやったからだ。

淑乃の口が動いている。

唇を読んだ。同じことを繰り返してウイスパーで言っているので、どうにか読み取れた。

『つづけて……つづけて……つづけて』

つづけてって……? どういうことだ?

(そうか……瑞希の邪魔をしたくないのだな……しかし、二人に覗かれてのセックスは恥ずかしすぎる)

圭太郎はそれは無理だと、首を左右に振った。

しかし、淑乃は『つづけて』とウイスパーで訴えてくる。

瑞希は上でさかんに腰を振っていて、夢中になって気づかないようだ。

二人は欄間から覗いているから、上を向かないと見えないのだ。

迷ったが、淑乃は『つづけて』とせかしてくるし、ここでやめてしまったら、ただでさえ拗ねている瑞希をいっそう傷つけることになる。

(ええい、やるしかないか……!)

圭太郎はふたたび乳房を揉み込み、乳首を捏ねてやる。

瑞希は恥肉を擦りつけながら、

「あっ……あっ……ぁあうぅ」

こらえきれないとでも言うように、さかんに腰を振る。

膝を立て、蹲踞の姿勢になって、腰を縦に振りはじめた。

圭太郎の胸板に手を突いて、重心を前にかけつつ、尻を振りあげ、頂点から落とし込んでくる。

圭太郎としても二人に見られているのだから、男としてそれなりのことはして、『先生、やるじゃないの』と思ってもらいたい。

瑞希が腰を落とす瞬間を見計らって、ぐんと腰をせりあげる。上昇する勃起と降りてくる膣が激しくぶつかって、切っ先が奥を突きあげ、

「うあっ……!」

瑞希が大きくのけぞり返った。

上を向いたときに、欄間から覗いている二人に気づきそうなものだが、瑞希は快感で目を閉じているから、気づかないようだ。

奥まで呑み込んだ屹立を中心軸にして、腰を左右前後に動かし、ぐりぐりと切っ先を子宮口に擦りつけては、

「ぁあああ、イッちゃう……先生、イッちゃう！」

さしせまった様子で訴えてくる。

「いいんだよ、イッて……こっちに」

言うと、瑞希が前に屈んで抱きついてきた。

汗ばんだ肢体の背中と腰に手を添えて引き寄せながら、圭太郎は腰を振りあげる。勃起が蕩けた膣肉を斜め上方に向かって擦りあげていき、

「ぁああ……イキそう……」

瑞希がぎゅっとしがみついてきた。

よし今だ、とばかりに圭太郎は腰を猛烈に撥ねあげる。

力を振り絞って膣を擦りあげながら、斜め上を見ると、淑乃と由季子の目が光っていた。二人の顔が欄間ガラスに張りついている。

（ああ、見ている……見られている……！）

さっきまでは恥ずかしかったのに、今はなぜか二人の視線が、圭太郎に力を与えてくれる。

がしっと瑞希の裸体を抱きしめて、猛烈に腰をせりあげた。

「あん、あんっ、あんっ……」

瑞希が別室に先輩がいることも忘れたように、かわいらしい声をスタッカートさせる。

圭太郎が息を詰めて、思い切り突きあげたとき、

「イク……イっちゃう……」

「イッていいぞ」

「ぁああ、あああああ……イク、イッちゃう……ぁああ、くっ……！」

瑞希が顔だけを反らせて、がくがくっと痙攣した。

腹の上で、幾度も躍りあがっている。力を抜いてがっくりと覆いかぶさってきた。

しかし、圭太郎はまだ射精していない。

淑乃と由季子に覗かれているというせいで、射精には至らなかったのだ。

しかし、瑞希は完全に気を遣ったようで、ぐったりとして動かない。

圭太郎が汗で湿ったボブヘアを撫でていると、斜め上の欄間ガラスの向こうで淑乃が手招いているのが見えた。

（えっ……なぜ呼ばれているのだろう？　これから二人としろと言うのか？　まさかな……？）

しかし、淑乃はガラスの向こうで手招きをつづけている。

ここは行くしかないだろう。しかし、瑞希を寝かせつけてからだ。

そう考えて、ぐったりとしている瑞希の髪を撫でながら、

「疲れただろう？　ここで眠っていきなさい。朝には起こすから」

腕枕をする。

瑞希は最初、胸板を撫でたりしていたが、この旅行の疲れが出たのだろう。目を閉じて、スーッ、スーッと寝息を立てはじめた。

そのまましばらく腕枕をして、もう大丈夫とわかってから、起こさないようにそっと腕を抜いた。

瑞希は横臥したまま、すやすやと眠っている。

それを見て、圭太郎は布団から抜けだした。

物音を立てないように浴衣を着、襖を開けて、隣室に入っていく。

第六章　最後の夜に

1

隣室に入っていくと、

「ふふっ、頑張りましたね」

淑乃が喜色満面で近づいてきて、いきなり、浴衣の前身頃を開き、圭太郎の股間のものに触れた。

「まだ勃ってる。出さなかったんですね？　偉いわ、先生」

「ああ、いや……きみたちが見てたから……。で、何？」

「わかりきったことよね。ねえ、由季子さん？」

声をかけられて、布団に膝を崩して座っていた由季子が、恥ずかしそうに目を伏せた。

一瞬、ちらりと見あげてきたアーモンド形の目が潤みきって、女の欲望をたたえていた。そして、横座りになった膝の浴衣がはだけて、色白の太腿がのぞいてしまっている。

ドキッとしていると、淑乃が耳元で言った。

「由季子さん、見ているうちにもよおしてきたみたいなの。わかるでしょ？　昨夜して、今夜はずっと放っておかれているんだから、そうなるのは当然でしょ？　だから、お相手をしてあげて。わたしは温泉でしたから、もういいの」

圭太郎としても、由季子なら抱きたい。しかし……。

「隣には、瑞希が寝ているんだぞ」

小声で言う。

「瑞希は大丈夫よ」

「どうして？」

「だって、彼女も覗かれていることは承知の上よ」

「えっ……？」

「瑞希も気づいていたのよ、目が合ったもの。最初はびっくりしてたけど、それから、ますます元気に腰を振っていたわ。だから、きっと今だって……わたしたちが何をするのか見当がついた上で寝たフリをしているんだと思うわよ」

圭太郎は愕然とした。

これまで抱いていた女性観が変わっていく。

女性は何人かでひとりの男を共有しても平気なのか？　男としてはうれしい。が、三股をかけるなんて、普通は許されない。女性たちが怒って、男はすべてを失うのがオチだ。

(なのに、この三人は……嫉妬とかしないのか？)

当惑していると、淑乃が耳元で囁いた。

「わたしは隣の布団で寝ているから、先生は由季子をかわいがってあげて」

「だけど、由季子さんはほんとうにいいのか？」

心配になって由季子のほうを見る。

すると、由季子がうなずいた。

「ねっ……わたしはお邪魔虫だから、横になります」

微笑んで、淑乃は隣の布団に入り、かけ布団をかぶって背中を向けた。

圭太郎は迷った末に、由季子に近づいていく。

「いいのか?」

ストレートロングの黒髪を垂らして布団に座っている由季子に声をかける。

「……ゴメンなさい。先生を疲れさせてしまって……でも、わたしもう……」

淑乃が抱きついてきた。

(ああ、淑乃の言っていたことは事実だったんだな。由季子さんは今、男に抱かれたくてしょうがないんだ。由季子のような女でも、こうなるんだな)

そう思った途端に、男の欲望がよみがえってきた。

今日だけでも、二人の女性を抱いてしまった。しかし、圭太郎はまだ射精していない。肉体的には疲労しているものの、根源的な性欲がまだまだ残っているのだ。

由季子はとても積極的だった。

もうしたくてしょうがないという様子で圭太郎にしがみつくと、押し倒して上になり、唇を合わせてくる。

情熱的なキスだった。

由季子は自ら舌を伸ばして、圭太郎の唇や歯列を舐め、巧みに舌をからませてくる。

強く唇を押しつけて、なかで舌を躍らせて口蓋をなぞる。

いったん口を離して、圭太郎の額や頰にキスを浴びせ、また唇を貪るように口にキスをした。

それから、上体を起こし、細帯を解いて浴衣を脱いだ。

現れた裸体は抜けるように色が白く、そのほっそりとした首すじから肩にかけてのラインは儚げだった。だが、形よくせりだした乳房の頂上はすでにツンと上を向いていて、そこに長い黒髪が垂れ落ちていた。

(きれいだ、この人は……!)

見とれているうちにも、由季子は圭太郎の細帯に手をかけて、浴衣の前をはだけて、胸板を舐めてくる。

乳首を頰張り、なかでちろちろっと舌を躍らせる。

湧きあがるぞわぞわとした快感を味わいながら、隣の布団に視線をやった。

二メートルほど離れたところで、淑乃は布団をかぶって、こちらに背中を向けている。動きはない。とても静かだ。おそらく、息を潜めて、耳と背中でこちらの様子をうかがっているのだろう。

反対側を向いて、隣室の様子にも気を配る。

物音がしないから、瑞希は眠ってしまっているのかもしれない。当然、隣室での行為には興味津々だろうが、眠気には勝てないのだろうか？

（しかし、まさかこんなことになろうとは……）

旅の前には、三人と身体を重ねるなど、想像できなかった。

（やはり、これも俺を副学長にするための勧誘策なのだろうか？　しかし、それだけじゃないだろう。強い欲望がなければ、こんなことはできないはずだ）

聖職と言われる女教師でも、一皮剝けばこうなるのだ。淫らな雌へと変貌を遂げるのだ。

胸板を舐めていた由季子が、圭太郎の左腕をつかんで頭上に持ちあげた。

何をするのだろうと見ていると、由季子の舌が乳首から腋の下へと移動していった。

あっと思ったときは、腋を舐められていた。

ぬるっ、ぬるっと腋毛ごと窪地に舌を走らせてくる。

「くっ……いいよ、そんなことまで……」

「いいんです。したいから、しているんですから」

由季子は長い髪をかきあげて言い、今度は腋の下にキスを浴びせてきた。

ちゅっ、ちゅっと腋毛の上から唇を押しつけ、また舐める。

由季子のような美人が白髪交じりの腋毛に上品な唇でキスをすることに、強い昂奮を覚えた。

由季子は腋窩から二の腕にかけて、ツーッと舐めあげてきた。

その細くて長い舌が二の腕の裏側を這うと、また快感が流れた。

唾の載ったなめらかな舌が這いおりていって、腋から脇腹へとすべり動いていく。

「くっ……！」

思わず声をあげてしまい、隣の布団を見る。聞こえなかったはずはない。しかし、淑乃はぴくりとも動かない。

その間にも、舌がぬらり、ぬらりと脇腹を這い、腰骨のあたりから中央へと向かっていった。

臍からまっすぐに降りていき、温かい吐息が分身にかかった。

すると、分身が反応して、むくむくと頭を擡げてくる。

少し前までは排尿器官に堕していた分身が、たてつづけのセックスにもきちんと反応する。そのことがうれしい。肉体的なものだけではなく、精神的な自信にもなる。

だが、由季子すぐには肉茎に触れずに、迂回して、太腿のほうへと顔を降ろしていった。

しゃがみ込んで、内腿を舐めながら、太腿を撫でさすってくる。

と、焦らされているのが効いたのか、分身がますます力を漲らせるのがわかる。

由季子は這うようにして、陰嚢を舐めてきた。

しわしわの睾丸袋にツーッ、ツーッと舌を走らせながら、肉棹を握って、ゆっくりとしごく。

八分程度勃起した肉の柱の頭部が茜色にてり輝いている。しかし、それはさっきまで瑞希の体内におさまっていたものだ。

普通は他人の女の愛蜜が付着したものなど、触るのもいやだろう。だが、由季子はいやがらずに、いまだ濡れているものを握りしごく。

(俺は由季子さんのことを明らかに見誤っていた。この人は思っていたよりはるかに情熱的で、自分が汚れることを厭わない人なのだ)

由季子が屹立の根元から裏筋に沿って、ツーッと舐めあげてきた。

そして、亀頭冠の真裏にちろちろと舌を遊ばせくる。

「くっ……」

思わず呻くと、由季子はさらさらの黒髪をかきあげ、上目づかいに見て、にこっとした。それから、また舌を裏筋の発着点に走らせる。

肉棹を握って、舌を一箇所に戯れさせながら、圭太郎の反応を確かめるようにじっと見つめてくる。その、気持ちいいですか、と訊ねるような表情がかわいらしかった。

(島の学校に、ご主人が来なければいい……そうすれば、俺はこの人とまたこういう至福の時間を持てるかもしれない)

そう思っている自分に気づき、ハッとする。

教師としてあるまじき考えである。それに、すでに自分が島の学校に赴任することを認めてしまっている。

(いやいや、セックスに流されてはいけない。慎重に決めないと)

情に流されそうな自分に言い聞かせる。

由季子が上から屹立を頬張ってきた。

柔らかな唇をひろげて、肉棹を途中まで咥え込み、ゆったりと顔を打ち振る。

（ああ、気持ちいい……気持ち良すぎる……）

圭太郎は目を閉じて、もたらされる快美感を味わう。

世の中にこんな気持ちいいことが他にあるとは思えない。フェラチオこそ男にとっては至上の悦びなのではないのか？

射精などしなくても、充分に快感がある。

それに、放ってしまえば、男の欲望など簡単になくなってしまう。しかし、射精しなければ永遠につづく。

そのとき、人が近づいてくる気配を感じ、ハッとして目を開けた。

さっきまで横になっていた淑乃が、仁王立ちして、圭太郎を見おろしていた。

「えっ……？」

びっくりして見あげると、淑乃はにっこりして屈み込み、由季子に耳打ちした。

由季子がうなずいて、その場所を淑乃にゆずった。

2

「ふふっ、先生は寝ていてくれたらいいの。わたしたちがしますから」

そう言って、淑乃は浴衣を脱いで肩から落とし、その熟れた裸体をさらして、圭太郎の開いた足の間にしゃがんだ。

そして、這うようにして屹立を握り、亀頭部を舐めてくる。

「おい……それは今……！」

「いいのよ。由季子さんのあとなら、全然平気。ふふっ、美味しいわ」

ぴちゃっと舌を鳴らして、淑乃がぐっと姿勢を低くし、裏筋をジグザグに舐めあげてくる。

「おっ、あっ……」

圭太郎は呻く。

二人につづけてフェラチオをされるなど、もちろん初めてだ。

淑乃は舌を横揺れさせながら、上へ上へと舐めあげてくる。

さっき体験したばかりだから、二人の違いがよくわかる。

由季子のほうが舌自体がつるっとしているのだろう。とてもスムーズで心地よい。

淑乃の舌はぬるっとした感触のなかにも、ざらざら感があり、強い刺激を感じる。

酔いしれながら見ると、由季子はすぐそばで、居たたまれなそうな顔をしてうつむいている。

「由季子さんも……一緒に舐めましょうよ」

淑乃がまさかのことを言った。

圭太郎のなかで、そんな破廉恥なことをしてはいけないという気持ちと、ここまで来たのだからやってほしい、ダブルフェラを味わってみたいという期待感がせめぎあった。

「でも……」

と、由季子がためらった。

「大丈夫よ。わたしはこっち側で、由季子さんは反対側を舐めれば……ここまで来たんだから、妙なためらいは捨てましょうよ。島の学校に赴任したら、ずっと一緒なんだから、ひとつになりましょうよ……さあ、あなたはそっち」

淑乃が向かって左側に位置して、反対側を見た。

由季子はそれでもなかなか踏ん切りがつかないようだったが、ここはやるしかないと思ったのか、向かって右側に腰をおろした。

淑乃が左側に舌を走らせるのを見て、由季子おずおずと顔を寄せて、いきりたっている肉柱の右側に舌を這わせる。

根元を淑乃が握って、屹立させている。

下腹部の繁みを突いてそそりたっている肉のトーテムポールを、二人の美女が競うように舐めあっている。

（ああ、これは……！）

肉体的な快楽よりも、むしろ、自分の教え子であり、現役教師の二人に同時にイチモツを舐められているという精神的な満足感のほうが大きかった。

ぬるっ、ざらっと勃起を二人の女の舌が這う。

体験していることが自分の想像をはるかに超えたことであるせいか、現実感が乏しい。夢を見ているのではないだろうか？

淑乃のウエーブヘアがイチモツをくすぐり、由季子のストレートロングの髪の毛先が鼠蹊部に触れている。

一糸まとわぬ姿の二人の丸々とした尻が後ろに突きだされて、もどかしそうに動く。二人のたわわな乳房が下を向いて、先の尖った乳首が見える。

淑乃が何か小声で囁いて、由季子が顔を引く。

すると、淑乃が上からすっぽりと頬張ってきて、根元から先端まで激しく唇をすべらせてくる。

「あっ……くっ……」

うねりあがる快感に、圭太郎は声を押し殺して呻いた。

淑乃はこんなこともできるのよ、と言わんばかりに、亀頭冠を頬張って顔を左右にくねらせる。

すると、亀頭部がS字を描く口に刺激を受けて、これまでになかった昂りを覚えた。

「ううっ……降参だ。出てしまうよ」

訴えると、淑乃は勃起をちゅるっと吐き出して、満足そうに微笑む。

「由季子さんも……」

「でも……わたし、淑乃さんほど上手くはないから」

由季子が気遅れしたように言う。

「さっき見た限りでは、そうとは思えないけど……充分に上手よ。先生も由季子さんにしてほしいでしょ？　先生、ほんとうは由季子さんがいちばん好きだものね」

淑乃がズバリと言う。内心の動揺を押し隠し、

「い、いや、いちばん好きとか、そういうことは考えたことはないけど……由季子さんにしてもらえるなら、うれしいよ」

圭太郎は二人の気持ちを考えて、微妙な言い方をする。

「ねっ、先生の期待に応えてあげて」

淑乃に言われて、由季子が屹立に顔を寄せてきた。

圭太郎の分身は唾液でぬらぬらとぬめ光っている。由季子は何かを決めたように思い切った様子で、いきなり、しゃぶりついてきた。

根元をつかみ、余った部分にゆっくりと唇をすべらせる。やはり、このゆったりしたストロークが彼女のペースなのだろう。

淑乃に負けたくないという気持ちもあるのだろう、ペースはゆっくりだが、根元を握った指でしごきあげ、それと同じリズムで唇を往復させる。

指を離して、一気に根元まで頬張ってきた。

徐々にピッチが速くなり、「うん、うん、うん」と声を洩らしながら、指と唇で強烈に肉棹をしごいてくる。

スパートして息が切れたのか、いったん吐き出して、肩で息をする。

すると、そこにまた淑乃がやってきた。

「はい、バトンタッチ」

明るく言って、由季子に替わって、勃起を舐めてくる。

真上から亀頭冠の割れ目に指を添えて、尿道口をひろげると、ツーッと唾液を落とした。泡立った唾液が尿道口に落ちて、淑乃はそれを鈴口に塗り込めるように舌を押しつける。

さらに指で割れ目を開いたので、尿道口がぱっくり開いて、そこに舌先を差し込むようにちろちろと刺激されると、いまだかつて体験したことのない感覚が起こった。

「ひっ……勘弁してくれ」

情けなく訴えていた。

「ふふっ、ここは良くないみたいね……じゃあ、ここは？」

淑乃が亀頭冠の出っ張った部分にねっとりと舌をからませてくる。からませながら、時々舌を細かく震わせる。

「あっ……くっ……そこは、気持ちいいよ」

「そう……先生はカリが弱いのね」

淑乃は舌を巧妙に操りながらカリを舐め、そのままぐるっと一周させる。

いったん顔をあげて、由季子に言った。

「ねえ、由季子さん……顔面騎乗してさしあげて。先生、きっとあなたなら顔面騎乗されても許すと思うのよ。むしろ、うれしいんじゃないかしら？　ねえ、先生？」

「えっ、ああ、まあ……」

「ほらね……わたしがおチ×チンを担当するから、あなたはクンニさせてあげて……何をためらっているの？　ここまで来ての躊躇はシラけるの。さあ、由季子さん！」

最後はきつい調子で指示されて、由季子は心を決めたのか、おずおずと顔面にまたがってきた。

それでも顔面騎乗の経験はないのか、恥ずかしそうに股間を押さえて、蹲踞の姿勢になり、そこでようやく手を外した。

圭太郎の目の前に、潤みきって、なかば開いた女の花が艶めかしい姿を見せていた。

細長い蘭の花に似た花肉だが、ふっくらとした陰唇はまくれあがって、内部の鮭紅色がのぞいてしまっている。

「ああ、見ないで……」

由季子がまたそこを手で隠した。

自分から擦りつけるようなことはしないで、どうしていいのかわからないといった様子でもじもじしている。

圭太郎はひろがってM字開脚している太腿をつかんで引き寄せ、手を外させて、そぼ濡れた赤い粘膜を舐めた。

ぬるっと舌がすべっていき、

「ぁあん……！」

由季子はびくっとして顔をのけぞらせる。

隣室には瑞希がいる。しかし、物音ひとつしないから、眠っているのではないだろうか？　逆に起きていて、息を凝らして三人の背徳的な行為を覗き見しているのかもしれない。

いずれにしろ、もうあまり隣室に瑞希がいることを意識する必要はないという気がした。二人もそうだ。

こっちに来たかったら、来ればいい——と思っているのではないか？

圭太郎は逃げられないように太腿をつかみ寄せて、ぬめりを舌でなぞる。

上方には猫の毛みたいに柔らかくてすべすべの陰毛が長方形に生え、その下側の肉の渓谷は透明な粘液で覆われ、窪地はわずかに口を開き、そこに白濁した蜜が溜まっている。

滲んだ粘液を舐めとるように舌を走らせていると、

「んんっ……んんんんっ……ぁあああ、先生、先生……はうぅぅ」

由季子が気持ち良さそうな声をあげて、もどかしそうに腰を揺らす。

「いいんだぞ。自分で擦りつけても」

せかすと、ややあって由季子は腰を振って、濡れ溝を押しつけてきた。

圭太郎はいっぱいに舌を出して、待っている。そこに、ぬるぬるした恥肉が擦りつけられて、

「ぁあああ、いい……いいんです……」

由季子はそう口走りながら、もう我慢できないとでもいうように腰を前後に打ち振る。

そのとき、圭太郎は自分の分身が温かい口腔に包まれるのを感じた。

それまで様子を見守っていた淑乃が頬張ってきたのだ。

しかも、ライバル意識をかきたてられたのか、ずりゅっ、ずりゅっと大きく激

しく唇をすべらせ、なかで舌をからませてくる。

ジュルル……ジュルル……。

意識的に卑猥な音を立てて、屹立を吸いたててくる。

「おっ、くっ……」

うねりあがる快感に背中を押されるように、圭太郎は舌をつかい、膣口の入口を舐める。すると由季子は、

「あっ……あっ……ぁあああ、欲しい。欲しくなっちゃう」

と、露骨な声をあげて、いっそう強く濡れ溝を擦りつけてくる。

3

「いいわよ、由季子さん。先にどうぞ」

淑乃が肉棹を吐き出して、言う。

「わたし、夕方に露天風呂で先生としているから、あなたがしなさい。どうぞ」

そう言って、淑乃が場所をゆずった。

「すみません……」

由季子が腰を浮かせ、後ろ向きで下腹部に移動していく。

背中を向けたまま、白々とした尻を少しあげて、いきりたつものを導き、切っ先を押し当てて、慎重に沈み込んでくる。

窮屈だがとろとろに蕩けた女の筒に、勃起が呑みこまれていき、

「うあっ……！」

由季子が凄艶な声をあげて、顔をのけぞらせた。

それから、腰を後ろに突きだすようにして、勃起を揉み込んでくる。

（ああ、淫らすぎる！）

由季子はウエストが細くくびれていて、尻が発達している。

それもあるだろう、丸々としたヒップがぐいっ、ぐいっと自分に向かって突きだされてくるその迫力がすごい。

これをしているのが、あの川島由季子だということがいまだに信じられない。

今、由季子に教えてもらっている中学生の誰もが、あの由季子先生がまさかセックスでこんなに貪欲になるとは微塵も思っていないだろう。

由季子をアイドル化し、美化している中学生のなかには、先生はセックスなどしないと、そう勝手に思い込んでいる生徒もいるに違いない。

そうじゃないんだぞ。由季子先生は閨の床ではこんな淫らになるんだぞ——。

「あっ、あっ、あっ……」

由季子は両手を圭太郎の足に突き、腰をぐいっ、ぐいっと前後に振っては、

「ああ、ぁああ……いいの。止まらない……止まらないの」

訴えてくる。

そのとき、何を思ったのか、淑乃が由季子に近づいていった。

正面にまわり込んだ淑乃が、耳元で何か囁き、由季子がいやいやをするように首を振った。

だが、淑乃はそれを無視するように、由季子の唇を奪った。

圭太郎の足をまたいで屈み、由季子の顔を両手で挟みつけるようにして、ちゅっ、ちゅっと唇を押しつけ、さらには唇を重ねて、キスをする。

「んんんっ……！」

最初は抗っていた由季子だったが、しばらくキスをつづけられるうちに、淑乃を突き放そうとする腕から力が抜けていった。

唇を吸われ、舌を入れられているのだろう、由季子はされるがままになってぐったりとしてきた。

圭太郎は勃起を彼女の体内におさめながら、後ろから二人の痴態を眺めている。

やがて、淑乃は向かい合う形で由季子の乳房をつかんだ。揉みながら、先端をつまんで転がす。

そうしながら、見るからにねっとりとした濃厚なキスをつづけるのだ。

「んんっ……んんっ……」

くぐもった声を洩らしながらも、由季子はもう完全に身を任せている。

「……！」

圭太郎は愕然として、声も出ない。

二人ともレズビアンではないだろう。そんな噂を聞いたこともない。

(だとしたら、これは何なんだ？)

はっきりとわからないが、おそらく、淑乃には多少なりともレズっけがあって、由季子の美しい身悶えを見ているうちに、妙な気持ちになってしまったのだろう。

そして、由季子はびっくりして抗っていたが、敬愛する淑乃の巧妙なキスに身体が応えてしまったのだろう。

唇を離して、淑乃が言った。

「先生、突きあげてやって」

「……いいのか？」

「いいから言っているの。だって、そのほうが由季子さんは気持ちいいはずよ。そうよね、由季子さん？」

由季子は押し黙っている。

「ねっ、いやだと言わないのがその証でしょ？　先生！」

淑乃に背中を押されて、圭太郎は腰を突きあげる。

すると、由季子が尻を浮かし気味にして前に体重をかけたので、その余地ができて、屹立がぐちゅりっと膣をうがって、

「あん……っ」

由季子が裸体をバウンドさせて、淑乃にしがみつく。

「気持ちいいでしょ？」

淑乃に問われて、

「はい……気持ちいい」

由季子が答える。

淑乃が由季子を抱きしめながら、また唇を合わせる。

二人の妖しい痴態を目に焼きつけながら、圭太郎は腰を撥ねあげる。

とろとろに蕩けた肉路を勃起が激しく突きあげていき、

「んんっ……んんっ……！」

由季子はくぐもった声を洩らしながら、淑乃にしがみつく。

ズンズンズンッとつづけざまに突いて、小休止をする。

すると、由季子はもっとくださいとばかりに自分から腰を揺らしはじめた。

ぐりん、ぐりんと勃起を体内で揉み抜きながらも、淑乃に抱きついて、キスを交わしている。

（これは……）

自分の上に、二人の美女が乗って、キスを交わしている。しかも、由季子とはイチモツで繋がっている。

（これは絶対に夢だ、あり得ないことだ）

だが、由季子の膣がくいっ、くいっと締まってきて、これが現実であることを教えてくれる。

むっちりとした白い尻が、自分に向かってせりだされる。

角度によっては、赤褐色の肉柱が由季子の体内におさまっているその光景が目に飛び込んでくる。

たまらなくなって圭太郎は両手で尻をつかみ、上下に揺らせながら、下腹部を突きあげていく。

屹立がぬちゃ、ぐちゃと陰部をうがち、

「んんっ……んんん……ぁあああ！」

由季子がキスをやめて、のけぞりながら喘いだ。

大きな声だったから、絶対に隣室にも聞こえているだろう。もしかしたら、瑞希も三人のまぐわいを覗いているのかもしれない。

だが、見たかったら見ればいい。

参戦したかったら、加わればいい。

圭太郎は尻をつかみ、上下動させながら、自分も腰を撥ねあげる。いまだにいきりたっている肉の塔が蜜壺を擦りあげていって、

「あんっ、あんっ、あんっ……」

由季子が心から感じている声を放った。

「イキそう？」

前から、淑乃が訊いた。

「この格好じゃ、イケません」

「どうしたらイケるの？」

「後ろから……」

「バックからしてほしいのね？」

「はい……」

淑乃が、そうしてあげたら、と目で訴えてくる。

圭太郎はいったん結合を外して、下から抜け出て、由季子を這わせた。

淑乃は両手と両膝を突いて、布団に四つん這いになり、ここにください、とばかりにぐいと尻を突きだしてくる。

圭太郎は腰をつかみ寄せて、屹立を押し当てる。

この旅に出て使い放しのイチモツだが、火事場の馬鹿力とも言うべきか、いまだに元気にいきりたっている。

濡れ溝に切っ先を当てて、慎重に腰を入れていくと、よく練れた膣肉が硬直を手繰りよせるようにして招き入れて、

「ぁあああっ……！」

由季子が感極まったような声を洩らして、顔を撥ねあげた。

長い黒髪がばさっと躍り、柔軟そうな背中がしなった。

挿入しただけで、淑乃は、がくん、がくんと震えている。

圭太郎も分身を包み込みながら締めつけてくる圧力に奥歯を食いしばった。

腰をがっしとつかんで、ゆるゆると抜き差しすると、由季子はいっそう背中を反らして、抽送するたびに、

「あっ……あっ……」

声を洩らして、顔を上げ下げする。

と、そこに淑乃が近寄ってきて、

「きれいだわ。由季子さん、セックスしてるとき、一段ときれいよ……」

黒髪を撫で、下を向いている乳房をつかんだ。やわやわと揉まれて、

「ああ……いけません。淑乃さん、ダメ……」

由季子が弱々しく訴えた。

「きれいよ。由季子さん、ほんとうにきれい……羨ましいくらい。胸も大きくて柔らかいわ……でも、乳首はカチカチね。ここが感じるんでしょ？」

婉然と微笑んで、淑乃は乳房を揉みしだき、頂上の突起を指でかわいがる。

「いや、いや、いや……」

と、由季子が首を振る。

しかし、それもわずかの間で、やがて、裸体を切なそうによじり、

「ぁああ、あうぅぅ……」

淑乃の愛撫に身をゆだねるようにして、切なげに喘ぐ。

それを後ろから見ていて、圭太郎も大いに昂った。

こんなシーンは初めてだ。もう二度と見られないだろう。

ごく自然に腰に力がこもり、気づいたときは激しく腰を叩きつけていた。

「あん、あん、あんっ……」

由季子は喘ぎをスタッカートさせて、腕を立てていられなくなったのか、肘を突く形で姿勢を低くして、重ねた両手の上に顔を乗せた。

その急峻な角度でしなった背中と尻のラインに見とれながら、ここぞとばかりに腰を打ち据えていると、

「ねえ、先生、わたしにもして」

淑乃の声が聞こえる。

すぐ隣に淑乃が這い、ぐっと尻を突きだしてきた。

由季子におさまっている肉棹を抜いて、自分の体内に打ち込んでほしいのだろう。魅惑的な状況である。

「でもな……」

圭太郎はためらってみせる。

「先生、やさしくてステキだけど、こことういうときに、逃げるのよ。ズルいのよ。そういう先生、好きじゃない……すべてに関してそうなのよ」

淑乃がいきなり言う。

すべて、と言うなかには、おそらく、今回の島の学校での副学長赴任の件も入っているのだろう。

少しむかっと来た。

「いや、そうじゃないさ。するべき決断は逃げずにしてきたつもりだ」

「そうかしら？」

「……怒るぞ！」

「怒ってほしいわ。怒りに任せて、二人を突いて。それができたら、先生の決断力を認めていいわ」

これは、淑乃の手に乗っているな、と気づきながらも、俺はそうじゃない、という憤りが理性を捨てさせた。

由季子の体内をぐんぐん突くと、

「あん、あんっ、ぁあん……」

由季子が悩ましい声をあげて、シーツを鷲づかみにした。

隣を見ると、布団に這った淑乃が腹のほうから手を伸ばして、恥肉を指でなぞり、誘うように腰を振っていた。

陰毛越しに手指を肉びらに添えて、ぐいと左右に開いた。

ぱっくりと開いた赤エイの形をした陰唇の上のほうで、膣口がひくひくとうごめいている。

「ねえ、して。して……できないんでしょ？」

淑乃が挑発してくる。

（ええい、俺だって、できるさ！）

腰を引いて、由季子の膣から肉棹を抜き取った。

赤褐色の肉棹には大量の蜜がべっとりと付着して、ぬめ光っている。

少し移動して、真後ろにつくと、淑乃がさらに陰唇をひろげて、ここにちょうだいとばかりに腰を振る。

その腰をつかみ寄せて、いきりたちをそぼ濡れる膣口に押し込んでいく。

ぬるぬるっと嵌まり込んでいき、

「ぁあぁっ……！」

よほど気持ち良かったのだろう、淑乃が感極まったような声をあげて、のけぞり返った。

奥まで挿入した途端に、内部がひくひくっとうごめきながら、硬直を締めつけてくる。

「くう――……！」

圭太郎もその圧力に負けまいと歯を食いしばり、腰をつかう。

ここぞとばかり力強く打ち込んでいくと、

「ぁあああ……いい……先生のおチ×チン、気持ちいい！」

淑乃があからさまなことを口にした。

おそらく、由季子のことを意識してのことだろう。見ると、由季子は我慢できなくなったのか、自分の手指を尻のほうから伸ばし、恥肉を撫でさすって、

「ぁあああ……先生、由季子にもちょうだい。ちょうだいよぉ」

と、腰を揺らめかせる。

すぐ隣の美人教師のオナニーを見ながら、圭太郎は激しく腰を叩きつける。

もう何がなんだかわからない。

無我夢中で打ち込んでいると、隣室との境の襖が音を立てて開いた。ハッとして見ると、瑞希がこちらにやってくるところだった。

浴衣を脱ぎながら近づいてきて、圭太郎を後ろから抱きしめて、背後からぴったりとくっついてくる。

「ズルいよ、先生、ズルいよ。わたしだけ放っておくなんて……瑞希にもちょうだいよぉ。ねえ、ねえ……」

ゴム毬のような感触の巨乳をぐいぐい押しつけてくる。

「ちょっと待って……」

圭太郎が結合を外そうとすると、

「ダメっ……やめないで」

淑乃が後ろ手に、圭太郎の腰を引き寄せる。

(どうしたら、いいんだ?)

三人同時にするなんて、普通ならハーレム状態というやつで、男の権力欲を満足させるものだ。そう思っていた。しかし、現実は違った。

三人を現実に目の前にすると、どうしていいのかわからなくて、かえって戸惑ってしまう。

「わかったわ……瑞希も加わりなさいよ。ほら、わたしの隣に這って……順番がまわってくるまで大人しく待っているのよ」

淑乃が救いの手を差し伸べる。

瑞希がしぶしぶという様子ですぐ隣に四つん這いになって、尻を突き出してくる。

目眩がしてきた。

今、圭太郎の目の前には三つのヒップ、いやオマ×コが並んでいる。

「先生、いいわよ。先に瑞希としてあげて……わたしは最後でいいから」

淑乃が理解のあるところを見せる。

それならと、圭太郎は結合を外して、膝で移動していく。

瑞希が小さなヒップを突きあげていた。

淡い繊毛を背景に女の媚肉がうっすらと口を開いて、透明な蜜がしたたり落ちていた。きっと、三人を覗き見ながら、自分でもここを慰めていたのだろう。

圭太郎が打ち込んでいくと、とても窮屈な肉路をいきりたちが押し広げていって、

「あんっ……！」

瑞希がかわいく喘いだ。

やはり、狭い。その上、緊縮力が高くて、ぐいぐいと締めつけてくる。

それをこらえながら叩きつけていく。

「んっ……んっ……んっ……ずっと見ていたの。やってることがいやらしすぎるよ。だから、もう……ぁあああ、気持ちいい。響いてくるの。子宮に響いてくる……あん、あんっ、あんっ……ぁあああ、すごい、すごい……ぁあああ、ねぇ、イッちゃう。わたし、もう、イッちゃう……ほんとはもっとしたいのに……ぁああ、そこ……突いてぇ。なかをぐりぐりしてぇ」

求められるままに深いところに打ち込んでおいて、奥のほうのふくらみを捏ねると、瑞希の様子が逼迫してきた。

（そうか……このままイカせてしまえば……）

ぴったりと下腹部を密着させ、亀頭部をまわすようにして捏ねると、

「……イク、イク、イッちゃう……ぁあああ、くっ！」

瑞希はシーツを鷲づかみにしてのけぞり、ぶるぶるっと震えながら、前に突っ伏していく。

気を遣ったのだ。

ゼイセイと息を切らしながら、圭太郎はいったん立ちあがり、由季子の後ろに膝を突く。

由季子は足が長いせいか、女性器の位置がいちばん高いところにある。膝を開かせて高さを調節し、そぼ濡れたものを押し込んでいく。温かい膣肉が勃起にからみつくようにして、ざわめいた。

「ぁあああうぅ……！」

由季子が低い獣染みた声をあげて、顔をのけぞらせる。前に屈んで、乳首を捏ねると、由季子はいっそう高まったのか、

「ぁああ……いい……いいんです……乳首が気持ちいい……ぁあああ、突いて。先生、後ろから強く突いて……わたしをメチャクチャにして」

由季子があからさまなことを言う。

「よし、メチャクチャにしてやる！」

圭太郎はくびれたウエストをつかみ、気持ちを込めて叩きつける。さすがに疲労困憊で体が思うように動かない。

だが、由季子の様子が逼迫してきたので、それを励みに、腰を叩きつけた。

「あん、あん、あんっ……ぁあああ、来るわ、来る……」

「そうら、イケ!」

遮二無二叩き込んだとき、

「来る、来る、来る……ぁあん、はうっ……!」

由季子がくがくっと震えながら、前に倒れ込んでいく。

ぎりぎりのところで射精を免れて、圭太郎はまた肩でゼイゼイと息をする。

「ぁあ、すごいわ、先生……見直したわ」

淑乃が隣から言う。

「そうだろ? 私はやるときはやるんだ」

そう言って、圭太郎はぐいと胸を張る。褒められたことで、尽きかけていた力が戻ってきた。

「ちょうだい、先生!」

淑乃が早くちょうだいとばかりに、尻を突きだしてきた。

圭太郎は真後ろにまわり、淫蜜でぬめ光る肉棹をつかんで、切っ先を押し当てて、一気に貫いた。

「ぁあ……いいっ……」

淑乃が背中をしならせる。

待たされた分だろうか、淑乃の体内は熱く滾って、まったりといきりたちを包み込んでくる。

最後の力を振り絞って叩きつけると、怒張が深々と体内を割り、

「ぁああ、信じられない……先生の元気！　すごい、すごい……ぁああ、突き刺さってくる！」

淑乃が言うので、ますます力が漲ってくる。

見ると、瑞希も由季子もぐったりと布団に伏せっている。自分はこの二人をイカせたのだと思うと、自分に自信が持てた。

(俺もまだまだ捨てたものじゃない。島の学校へ行っても、やっていけるんじゃないか？　この三人がいるんだから)

圭太郎は腰を激しく律動させながら、思った。

(そうだ。俺はまだまだ若い。今の六十歳はたんなる区切りだ。まだ、二十数年は生きるだろうし、ほんとうの人生はまだまだこれからだ)

島の学校で青々とした海を眺めながら、教鞭を取り、副学長として指導をする自分の姿がはっきりと頭に浮かんだ。

「おおぅ……！　出すぞ！」

尻をつかみ寄せて、思い切り叩き込んだ。

「ぁああ、ああ……先生、イクわ……イッていいですか?」

淑乃が訊いてくる。

「いいぞ。出すぞ……そうら、イケぇ!」

残っていたエネルギーをすべて使い果たすつもりで、思い切りえぐりたてた。

膣の入口がぎゅんぎゅん締まってきて、奥の扁桃腺みたいなふくらみを捏ねると、
射精前に感じる熱がイチモツに漲ってきた。

「おおぅ、淑乃、行くぞ。出すぞ!」

「ああ、ください……あん、あん、ぁあん……イク、イク、いっちゃう……!

ちょうだい!」

「うおおおっ……!」

吼えながら連打したとき、熱い男液が噴き出していく峻烈な感覚があった。

しぶかせながら、駄目押しとばかりにもうひと突きしたとき、

「イクぅ……くっ……!」

淑乃ががくん、がくんと震えながら、前に突っ伏していく。

圭太郎も折り重なっていく。

放出がやみ、淑乃を上から抱きしめていると、それまで届いていなかった海鳴りの音が聞こえてきて、圭太郎はこれと同じ音を島でも聞くことになるだろう、とぼんやりと思った。

＊この作品は、書き下ろしです。また、文中に登場する団体、個人、行為などは実在のものとはいっさい関係ありません。

二見文庫

人妻《ひとづま》女教師《じょきょうし》　誘惑《ゆうわく》温泉《おんせん》

著者　霧原一輝《きりはらかずき》
発行所　株式会社 二見書房
東京都千代田区神田三崎町2-18-11
電話 03(3515)2311 [営業]
03(3515)2313 [編集]
振替 00170-4-2639

印刷　株式会社 堀内印刷所
製本　株式会社 村上製本所

落丁·乱丁本はお取り替えいたします。
定価は、カバーに表示してあります。

ISBN978-4-576-19212-3
https://www.futami.co.jp/

人妻 濡れつづけた一週間

KIRIHARA, Kazuki
霧原一輝

離婚した清太郎は、中学時代の同窓会に出席するため、年末に帰省することにした。故郷の村は来年、ダムの底に沈む予定になっている。大雪のため会場の旅館に泊まった彼が浴場にいると、昔フラれた亮子が入ってきた。さらに、翌日は美人若女将に迫られて……。ダム建設による不安が男と女を狂わせる一週間――。人気作家による書下し官能エンタメ！

二見文庫の既刊本

愛と欲望の深夜バス

KIRIHARA, Kazuki
霧原一輝

金曜日の夜、怜史は高速バスターミナルの待合室にいた。翌朝、大阪に到着する高速夜行バスに乗るためだ。乗車後、最後尾の席に座った怜史だったが、隣の空席を挟んで、一人の女性が座った。連れは誰もいなさそうだ。彼の頭の中に、ある邪悪な計画が芽生え始めるが、いざ実行に移すと事態は思わぬ方向へ……。人気作家による書下しノンストップ官能！

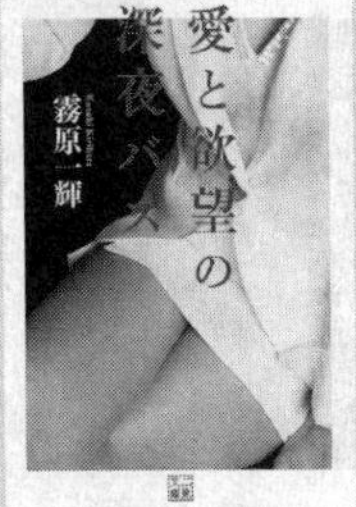

二見文庫の既刊本

家政婦さん、いらっしゃい

KIRIHARA, Kazuki
霧原一輝

仕事中に右腕骨折をし、自宅療養中の健二。妻とは二年前に離婚している。右手が使えないので日常生活ができないことに辟易した彼は家政婦に来てもらうことにした。写真と履歴もチェックできるHPを開くと、そこにはかつて一度だけ不倫をした相手である女性の顔が！　興味と期待で彼女に来てもらうことにしたが……。人気作家による書下し官能エンタメ！